U0473535

Richard Austin Freeman

THE RED THUMB MARK

桑戴克的王牌

[英] R. 奥斯汀 · 弗里曼 著　张杲 译

图书在版编目(CIP)数据

桑戴克的王牌/(英)R.奥斯汀·弗里曼著;张杲
译.—北京:人民文学出版社,2024
ISBN 978-7-02-018331-9

Ⅰ.①桑… Ⅱ.①R… ②张… Ⅲ.①长篇小说-英国
-现代 Ⅳ.①I561.45

中国国家版本馆 CIP 数据核字(2023)第 209266 号

责任编辑 **胡司棋 张玉贞 傅 钰**
封面设计 **钱 珺**

出版发行 **人民文学出版社**
社 址 **北京市朝内大街 166 号**
邮政编码 **100705**

印 刷 **山东新华印务有限公司**
经 销 **全国新华书店等**

字 数 **160 千字**
开 本 **890 毫米×1240 毫米 1/32**
印 张 **7.75**
版 次 **2017 年 5 月北京第 1 版**
印 次 **2024 年 1 月第 1 次印刷**

书 号 **978-7-02-018331-9**
定 价 **55.00 元**

● 目　录

第1章　偶遇故人

“1677 年毁于火灾，1698 年重建，理查德 · 鲍威尔，纪念馆。”

这几组字庄严地雕刻在四块石板上，竖立在大门门庭的外墙之上，门厅外墙呈三角形，工艺十分考究。这段文字言简意赅地介绍了这座建筑的历史。这是一座坐落于英国高等法院徒步区北端的高大建筑物。当我漫不经心地看着石板上的文字时，有两种思绪在心中徘徊。一方面，我为这巧夺天工的建筑工艺感到惊叹，感叹其静穆之美；另一方面，我又不免追忆起当年理查德 · 鲍威尔所处的那个动荡年代。

当我转身准备离开的时候，空荡荡的大门前出现了一个人影。那个人穿着一件与如今这个年代毫不相符的老式服装，头上戴着律师假发，这一形象简直跟四周古旧的环境融为了一体。眼前的这一难得的画面引得我驻足观望。只见这位画中人停在门口，翻阅着手上的一卷文件。当他拉开捆绑在文件上的红带子，抬起头的时候，我们正好四目相遇。起初，两人的目光严肃谨慎如视陌路之人。之后，双方都从对方的眼中看到了某个似曾相识的朋友。律师冷峻严肃的面容转为了温暖的微笑，他迅速走下台阶，热情地向我握手致意。

“我的老朋友，杰维斯！”他开心地叫道，说着我们的双手也紧紧相握，“真想不到能在这儿遇到你！我可常常想起你这个老伙伴，我还以为再也见不到你了！现在好了，让我在内殿法院遇上你了。这简直应验了那句老话：‘丢了的面包还能回来。[①]’”

“桑戴克，该吃惊的是我啊，”我回答道，“你丢了的面包回到手上时至少还是个面包，而我这失而复得的面包却变成了奶油松饼或巴斯甜面点了。我跟你告别的时候你还是一位体面的医生，而现在在我面前的竟然是一个身穿长袍、头戴假发的律师！”

桑戴克听完大笑了起来。

“可别把我比作巴斯甜面点啊，”他说，“你或许可以这样说：当你离开的时候，他只是一条毛毛虫，但是后来他蜕变成了美丽的蝴蝶。不过我的变化没你想的那么大。我现在不过只是穿着律师袍的医生。如果你今晚有时间，我们叙叙旧，向你讲述一下我蜕变的经历。”

“我现在已经是失业大军的一员了，”我说道，“随时听候您的调遣。”

“那今晚七点的样子到我住的地方来吧，”桑戴克说，“我们到时吃上一大份牛排，喝上一品脱的红酒，好好聊聊。不过现在

---

① 原文为bread cast upon the waters，出自《圣经》，原意为“善有善报”。——译注

我得马上出庭了。”

“你是住在这栋古雅的老房子里吗？”我问。

“不，不是，”桑戴克回答道，“不过我倒是希望能住在这儿。谁家门口要是能有如此精美雕刻的拉丁文字，引得路人踌躇观望，一定是件倍儿涨面子的事儿。不过我并不住这儿，我住的地方还要再往前走一段，门牌号是 6A。”

当我们一起走向公诉署大街的时候，他指了指，告诉了我他的住处。

我们一路走到了中殿大道北端才分开。桑戴克向东面的法院走去，长袍在他身后随风飘动。而我则向西面的亚当街前进行，那是个药铺子云集的地方。

晚上七点整，圣殿教堂传来了钟声。钟声低沉而柔和，好像压低了声音，不愿打破周围的宁静。我走过米契法院的门廊，便拐进了高等法院的徒步区。

此时我走的这条道上空荡荡的，只看到一个孤单的人影在 6A 的房门前缓缓踱步。虽然原来那个穿着长袍、戴着假发的律师，现在身穿夹克，头戴毡帽，不过我还是一眼就认出了他。

“分秒不差啊，”桑戴克说着就朝我热情地走来，“不管大事小事，准时都值得赞扬！我刚还在喷泉院子里散步呢。现在我可要向你正式介绍我的住所了。进来吧，这便是鄙人的陋室。”

我们穿过公用大门，走上石阶，来到二楼，看到了一扇巨大的房门——门上有一排白色的字，写着我这位老朋友的名字。

“别看门外面冷若冰霜，”桑戴克一边说，一边把钥匙插了进去，“里面可是相当温馨的。”

冰冷厚重的门向外打开之后，可以看到门的背面是暖暖的羊毛毡。桑戴克伸手为我扶着门，让我先进。

“我这是个怪异混搭的居所，”桑戴克说道，“它既是办公室，也是博物馆、实验室，以及我的工作室。”

“还是个餐厅呢，阁下，您可漏了这一点。”突然一位个子矮小的老人在一旁说道，他正用一根玻璃管缓缓地倒着葡萄酒。

“对啊，博尔特，我刚才可真忘了，”桑戴克说，“看来你还记得呀？”

说完桑戴克转头看了看壁炉边上的小桌子，桌子上摆满了为我们今天准备的晚餐。

坐到桌边，我们便开始享用博尔特所做的美味佳肴了，这时桑戴克开口问道：

“说说自从六年前离开医院，你都经历了些什么事情。”

“我的故事三言两语就能讲完，”我略带苦涩、无奈地说道，“真的没什么稀奇的。当时的开销远超出我的预料，存款很快就花完了。当我交完医师考试费和注册费之后，我身上可真是一分钱都没有了。虽然大学者约翰逊曾说过‘医学文凭具有超乎想象的致富潜力’，但是这种潜力毕竟和现实存在极大的差距。事实上，平时我都是靠当人家的助理或代理医师过活。可是现在我没活干了，只好把名字挂在特西维务工中介所里。”

桑戴克听完，噘起嘴，皱着眉，紧接着说道：

“简直太屈才了！杰维斯，这年头像你这样有能力且受过专业训练的人，竟然会落魄到这种地步，只能去做流散的混子才会做的零工了？”

“对啊，”我赞同道，“这个僵化而愚蠢的时代将我的才能全部埋没了。我博学的兄弟啊，你能告诉我该怎么办吗？如果贫困对你穷追不舍，像一块厚实的遮光布一样将你三万瓦的光芒给盖上，那么就算你有高人一等的智慧，恐怕也会因此而暗淡无光。”

“是啊，我也觉得是。”桑戴克低声嘟囔着，说完便陷入了沉思。

“好了，”我说，“现在来谈谈你吧，你可答应给我讲你的故事的。我非常好奇中间到底发生了什么事，竟然让你约翰·艾文林·桑戴克，从一位普通医生变成了一位律政名人。”

桑戴克大笑道：“归根结底，我什么转变也没有。我约翰·艾文林·桑戴克现在还是一名医生。”

“啊？戴假发、穿长袍的医生？”我惊讶地问。

“是啊，就像披着狼皮的羊，”他笑着回答道，“是这样的。六年前，在你离开医院后，我仍然留在了医院，干着杂七杂八的工作，像实验师助理、监护人之类的小工作。因为工作原因，我不得不奔走于化学实验室、物理实验室、图书馆，还有验尸房。不过在这段时间我也完成了我的医学和科学博士的课程并获得了学位。当时我本来联系了法院想去做验尸官的，但是这时候西德曼这老家伙突然宣布退休了——还记得西德曼吗？就是那个教我们法医学的老师。我便立刻申请他退休后空出的职位，竟然申请成功，顺利地当上了讲师。此后我便放弃了当验尸官的念头，然后搬进现在的住所，坐等着事情自己找上门来。”

“那你都遇到什么样的事了？”我问道。

“五花八门，什么事都有，”他回答道，“一开始，我只是偶尔协助警方分析一些下毒谋杀的疑案。但是渐渐地，我的影响力越来越广，现在只要是需要用到医学或科学来分析的案件，他们都会找我帮忙。”

“不过我看你也会出庭啊。”我说道。

“是的，不过很少，”桑戴克回答道，“作为科学证人，我在法庭上的角色让法官和律师都颇为头疼。但是在大多数情况下，我是完全不用出现在法庭上的，不过在幕后指导调查、整理和分析调查结果，为律师提供参考和建议。”

“这可比做医生有趣多了，”我带着羡慕的语气说道，“不过你的成功天经地义，你不仅是个拼命三郎，而且能力也没得说。”

“工作方面我确实如此，不仅过去如此，现在也是如此。”桑戴克回答道。“但我有明确的工作时间和休息时间，可不像那些倒霉的医生，饭没吃完，觉没睡醒，就被叫去看急诊。见鬼了！谁啊！”

正当桑戴克说得沾沾自喜的时候，外面突然传来急促的敲门声。

“我倒是要看看这家伙是谁，”他站起身说道，“这家伙难道不知道什么叫‘闭门谢客’吗？”

桑戴克大步穿过房间，猛地把门打开，显得毫不客气。

“实在不好意思，这么晚了还要来打扰您。但是我的当事人确实有十万火急的事情要来找您。”门外是一个满怀歉意的声音。

“进来吧，劳里。”桑戴克硬生生地说道，说完，门外的两位访客便走了进来。

一位是中年男性，看起来精明狡猾，典型的律师范儿。另一位则是个高雅英俊的年轻男子，外表让人一见就颇有好感。但是这位年轻男子脸色苍白，不修边幅，焦虑不安的内心暴露无遗。

年轻人看了看我，又看了看我面前的餐桌，说道：“我们来的时间确实太不合适了。这都怪我。桑戴克医生，如果您觉得不便就直说，我们可以再约时间。”

桑戴克仔细认真地打量了一下年轻人，态度突然变得温和多了，他对年轻人说道：

“我猜你的事情肯定是十万火急的。我和我的这位朋友都是医生，医生哪有不是二十四小时待命的啊。我们别客套了。”

而我早就站了起来，托词要去泰晤士堤岸散散步，过会儿再回来，这时年轻人打断了我的话语。

“您没必要刻意回避，”他说道，“我接下来要告诉桑戴克医生的事情，明天就将公布于众，没什么可保密的。”

“既然如此，”桑戴克说道，“那我们把椅子挪到壁炉旁，马上聊正事儿吧。我们已经吃过饭了，正等着喝咖啡呢，应该马上就会送下来。”

说完我们便搬起椅子坐到了壁炉旁，博尔特也正好把咖啡送了过来。就座之后，律师劳里便开门见山，直入主题。

第2章　嫌疑犯

劳里说道："我还是先从法律的角度介绍一下案情，之后我的当事人鲁宾·霍恩比会再补充一些细节，他会对你们的问题有问必答。"

鲁宾在他叔叔约翰·霍恩比的公司担任要职。他叔叔做的是黄金白银加工和贵金属交易的生意。公司也做一些其他的化验分析的工作，但其主营业务是检测和加工从南非运来的黄金样品。

"五年前，我的当事人鲁宾跟他堂弟瓦尔特，以及他们叔叔的另一个侄子一起退了学，加入了他们叔叔的公司。他们都期望有朝一日能够成为公司的合伙人。此后，他们便一直跟着他们的叔叔做事，在公司内担任要职。

"现在我来简单讲讲霍恩比公司的运作流程。运来的黄金样品首先在码头被交到公司授权代表的手上。一般来说，这个授权代表要么是鲁宾，要么是瓦尔特。他们拿到黄金以后，会根据情况将黄金送到银行或者公司。当然，他们都尽量不在公司存放黄金，而是尽早将黄金送到银行。但是有时候价值连城的样品也不得不存放在公司内过夜。公司会将贵重样品放在一个巨大而牢固的保险柜内，或是一个保险库内。保险柜放在一间隐秘的办公室里，只有公司的主管人员才知道。为了确保安全，旁边的房间内还有个看管员，整个晚上都会定时巡逻整栋建筑。

“现在保险柜却出了个怪事。霍恩比先生的一位南非客户对钻石很感兴趣，虽然公司并不经营宝石交易，但是该客户还是时不时地会给霍恩比先生寄来一些钻石原石，让其存放至银行或是交给其他钻石交易商。

“两个星期前，霍恩比先生被告知‘艾蜜娜古堡号’有一个装有钻石的包裹给他，而且这个包裹要比平时大得多，里面的钻石个头硕大，价值相当之高。于是，霍恩比先生派鲁宾早早去了码头，希望船只准时到岸之后能够立刻将包裹送到银行。但是船只晚点，鲁宾只能将钻石送到公司，放进保险柜内了。”

“最后是谁上的锁？”桑戴克问道。

“霍恩比先生上的锁。鲁宾从码头拿完包裹，回来就交给他了。”

“这样啊，然后呢？”桑戴克继续问道。

“第二天早上，打开保险柜一看，钻石不见了。”

“房门被撬开过吗？”桑戴克问。

“没有，房间跟以往一样锁得严严实实的。看管员那晚也是照常巡逻，没有发现任何异常。从外面看，保险柜也是完好无损的。显然窃贼是用锁打开，取走钻石，然后再锁上保险柜的。”

“是谁保管保险柜的钥匙呢？”桑戴克问。

“通常是霍恩比自己保管钥匙。但是如果他有事外出，则会将钥匙交给其中一位侄子。但是这次，从前一天把钻石锁进保险柜到第二天打开保险柜，钥匙一直都在霍恩比先生的身上。”

“有任何指向性的证据吗？”桑戴克问道。

“唉，不巧正好就有这样的证据，”劳里皱着眉头瞥了眼他的当事人说道，“窃贼拿走钻石的时候手指肯定被划伤了。保险柜的底部有两滴血迹，一张纸上也有两点血印。此外，这张纸上还有一枚清晰的拇指印。”

“是血指印？”桑戴克问。

“是的。看上去很明显，当时纸上的血滴还没干，窃贼的手指就压了上去了，留下了血指印。窃贼可能有什么原因触碰到了这张纸。”

“然后呢？”

坐在椅子上的律师劳里现在有些局促不安，说道：“长话短说吧，结果发现这枚血指印与鲁宾的指纹一致。”

“哦！这情节可真是跌宕起伏！看来我得拿个本子出来记一记了。”桑戴克惊呼道。

说完，桑戴克从抽屉里拿出个小型笔记本，然后在封面上写下“**鲁宾·霍恩比**”几个字。本子放在夹板上，板子搭在腿上，桑戴克便开始做起了记录。

简单做完记录后，桑戴克问道：“对于这枚拇指印，在辨认方面应该没有什么疑点吧？”

“一点儿疑点都看不出，”劳里回答道，“伦敦警方把这张纸带走之后，交给专门进行指纹分析比较的部门。专家的调查结果发现这枚指纹与他们所记录的所有犯罪指纹都不相符。而且这枚指纹非常特别，指纹中心位置有个明显的特征，上面有个很深的割痕。有了这样的特征，指纹识别的工作就更是简单无误了。而鲁宾的指纹就与该枚指纹完全吻合。说实话，这事儿已经是板上钉钉了。”

“有没有可能是谁故意把这张带血指印的纸放进去的?”桑戴克问道。

“完全不可能，”劳里回答道，“因为这张纸是霍恩比先生备忘录上的一页纸，纸上还记了一些关于钻石的事项，而且这张纸是放在钻石包裹上一起被锁进保险柜的。”

“霍恩比早上开保险柜的时候有其他人在场吗?”桑戴克问道。

“没有，就他一个人，”劳里回答道，“打开保险柜后，他发现钻石不见了，里面只留下了这张带血指印的纸。他便即刻锁上保险柜，报了警。”

“这就奇怪了，难道窃贼就没有注意到他留下了这么明显、这么有特征的指印吗?”

“这也并不奇怪，”劳里解释道，“因为这张纸正面朝下，贴在保险柜底部，霍恩比先生将它翻过来时，才看到上面有个指印。很明显，窃贼拿走包裹时，那张纸还贴在包裹的正上方，然后不知道怎么的掉了下去，正面朝下落到了保险柜内，也有可能是他把包裹递给同伙的时候掉下来的。”

“你刚才说，伦敦警察已经辨认出那枚指印是鲁宾的。那他们是如何找到鲁宾的指纹与现场指纹进行比对的呢?”桑戴克问道。

“那我就得告诉你件怪事儿，”劳里回答道，“警方觉得只要比对指纹就可以轻松破案，因此就想将霍恩比先生公司内的所有员工的指纹进行比对。然而，霍恩比先生却拒绝警方的要求。在我看来，其理由简直可笑，他说是不想让自己的两个侄子受此大辱。事实上，警方最感兴趣的正好是他的两个侄子。因为警方知道只有他的这两个侄子曾保管过保险柜的钥匙。所以霍恩比面对警方提取指纹的要求感到压力重重。”

“总之，霍恩比先生就是不让步，”劳里继续说道，“他觉得自己对于两个侄子都知根知底，对他们是百分百地信任。只要有人怀疑，他便是觉得荒唐可笑。本来没什么意外，这桩案子恐怕就成了一桩茶余饭后用来谈说的无头谜案了。

“你们应该在书报摊或是商店里看到过一个叫‘指纹模’，或是类似的东西。那就是小本子，配了个墨板，本子里面的空白页就是用来收集指纹的。”

“对，我见过那鬼东西，”桑戴克说道，“其实我也有一个，就在查令十字车站买的。”

“一个多月前霍恩比先生的妻子也正好买了件这个玩意儿。”

“其实是我堂弟瓦尔特买给她的。”鲁宾插话道。

“谁给的并不重要。”劳里说道，但是我看到桑戴克还是将这一信息记录到了本子上。

“反正霍恩比夫人是有这种东西，之后她便用此收集了亲朋好友的拇指印，其中就包括她两个侄子的指印。昨天负责本案的探长来到了霍恩比先生的家中，而霍恩比先生正好不在家，只有其夫人在。探长便借此机会劝说其夫人，让她配合警方的工作，收集那两个侄子的指纹。探长说指纹的收集不仅是警方例行调查和维持公道，而且也是为了还两个年轻人的清白。探长还指出这两个年轻人现在是被警方严重怀疑的对象，如果指纹证实不是他们的，那么他们便可以完全洗脱嫌疑。更何况，之前他们两个人都已经表示愿意配合警方提供指纹，没能采集到指纹只是因为受到了他们叔叔的强行阻挠。听完探长的一番话后，霍恩比夫人想到了一个办法。她记起之前用过的指纹模，里面有她两个侄子的指印。为了彻底消除警方对她侄子的怀疑，她便把那本收集指纹的小本子拿出来，交给了探长。探长也随身带了犯罪现场的那枚指纹，于是马上就进行了指纹比对。结果发现鲁宾左手的拇指指纹与犯罪现场的指纹完全吻合。你可以想象到当时霍恩比夫人得知结果后恐惧而又惊慌失措的样子。

“这个时候霍恩比先生正好回来了。看到比对结果后，他当然也是极为震惊。本想自己认栽赔钱，息事宁人，但现在要是这么做便是犯了包庇的重罪了，甚至会被认定为共犯。所以，霍恩比先生迫于无奈只能选择起诉。今早警方便发布逮捕令，并立刻执行逮捕，将鲁宾带回了警局，以盗窃罪起诉了他。”

“下令逮捕前还有什么其他证据吗？”桑戴克问道。

“没了。这一项证据就够下令逮捕了。两个保证人答应为我的当事人担保，并各自为其交付了五百英镑的保释金后，鲁宾才有一周在外取保候审的时间。”

桑戴克听完并没有作声，而是在安静地沉思。跟我一样，很显然桑戴克也并不认可这位律师的态度。律师的口吻好像早就认定其当事人有罪。虽然就现在的案情来看，律师的态度也是情有可原的。

“你对当事人有什么建议呢？”过了会儿，桑戴克问道。

“我建议他最好当庭认罪，请求法官看在他是初犯的分上从轻判刑。你要知道这案子已经没有任何的辩护空间了。”

听完律师的话，鲁宾满脸通红，但也忍着沉默不语。

“但是首先让我们搞清楚自己的立场，”桑戴克说道，“我们是要为一位无辜的人伸冤洗白，还是要给一个认罪的人减轻刑罚？”

劳里耸了耸肩说道：“这个问题恐怕只有当事人才能回答了。”

桑戴克的目光转向了鲁宾，眼神有一丝询问的意思，然后说道：

“鲁宾，没有任何人要求你一定要认罪。但是首先我要知道你自己的态度。”这时我找了个借口准备离开回避一下，然而鲁宾却再次让我留下。

“杰维斯，你不用回避，”他说道，“我的态度很明确，我没有行窃，对整个盗窃案都不知情，对于那枚指印怎么来的也一无所知。在这极具说服力的证据面前，我也不奢望你们相信我的话。但我还是要以性命担保，向上帝发誓：我绝对是清白无辜的，对案件也是毫不知情的。”

“也就是说你不会‘认罪’了？”桑戴克问道。

“我绝对不会，永远也不会认罪。”鲁宾斩钉截铁地回答道。

“过去有多少个实际无罪的人为了避免重罚选择认罪，你又不会是头一个。”劳里插话道。“还是实际点儿吧，辩护没有成功的可能性，这么做才是上上之策。”

“反正我是不会选择这个上上之策的，”鲁宾说，“我或许会被判有罪，受到重罚，但是即使如此，我也会坚持我的清白。”

说完，鲁宾把头转向桑戴克，问道：“这样，你还愿意为我辩护吗？”

“有你这样一番话，我才愿意接你的案子，为你伸冤。”桑戴克回答道。

“冒昧地问一个问题，”鲁宾焦急地追问道，“您真认为我是清白的？”

“当然啦。”桑戴克回答道。律师劳里却不以为然地扬起了眉毛。

“我是一个实事求是、讲究证据的人，而不是一个只会耍嘴皮子的律师。如果我认为你是有罪的，那我干吗花这么多时间和精力帮你找证据洗白呢？”桑戴克从鲁宾的脸上看到了一丝希望的表情，“但是，我得先告诉你，这案子困难重重，难度极高。即便我们竭尽全力，也有可能徒劳无功。”

“我知道我被判有罪已是板上钉钉的事情，”鲁宾的口吻冷静而又坚定，“但只要你能给我一丝机会，只要你没有先入为主地给我扣上有罪的帽子，我就愿意坦然地接受这一结果。”

“我向你保证，我会尽我所能来帮助你，”桑戴克说道，“在我看来，这些重重困难不过是更激发了我的斗志。现在，让我们回到案情本身。你的拇指上是否有伤口或是刮痕？”

鲁宾伸出双手，展示给桑戴克看。那双手看起来强健而又优雅，虽然光洁无瑕，但也看得出是双工匠的手。桑戴克拿出了一个大型聚光机，然后抓着鲁宾的手，将光线聚焦在鲁宾的手指上，用放大镜检查了每一根手指以及指甲周围的情况。

“这是一双精致而又能干的手。”检查完之后，桑戴克看着这双手称赞道。“但是在两只手上我都没有发现伤痕啊。杰维斯，你也来帮我看看。虽然盗窃发生在两周前，伤口是有时间愈合的，但这种毫无伤痕的情况还是值得留意。”

桑戴克给了我一个放大镜，我也把鲁宾的双手仔细地检查了一遍，但仍然没有发现一丝伤痕的迹象。

“在你离开之前，还有一件重要的事情，”桑戴克说完按下椅子上的按钮，“我得采集一下你左拇指的指印供我调查使用。”

按钮发出了铃声，也不知道是从哪个房间里，博尔特就冒了出来，可能是从实验室出来的吧。得到桑戴克的指示后他便退了下去，再回来的时候博尔特手上拿着个盒子，然后把盒子放在了桌子上。桑戴克从盒子里拿出了一个固定在硬木板上的铜盘、一个小的印刷滚筒、一小管用来印指纹的墨水，以及许多张洁白光亮的纸卡。

“鲁宾，虽然你的手已经干净得无可挑剔，但是现在我还是得给你的拇指做一道清洁工序。”桑戴克说道。

说着桑戴克拿起一个獾毛制成的指甲刷，清理起了鲁宾的拇指，之后又用水洗了洗，然后用一条丝质手帕将水擦干，最后再用羊皮布将拇指拭擦干净。清理完拇指之后，桑戴克向铜盘上挤了一滴浓墨，然后用滚筒将墨水滚平，期间还反复用自己的手指蘸试墨水，并把指纹印在白纸上试看效果。

当墨水能达到满意效果的时候，桑戴克抓起鲁宾的手，先将其拇指平稳地压在墨盘上，然后抬起鲁宾的手，再将其拇指压在了卡片上。桑戴克让我牢牢按住卡片，期间他反复地压了压鲁宾的拇指。最后卡片上留下了一枚印记清晰的拇指印，一圈圈的指印纹路一目了然，细微的特征都能显现出来，甚至通过看排列在黑色的纹路旁的白点，都能观察到汗腺的印记。这样印指纹一共印了十二次，印在了两张卡片上，每张卡上有六枚拇指印。之后桑戴克又做了一两个滚式指印。滚式指印就是先让拇指在墨板上左右滚动一下，然后再把拇指放在卡片上左右滚动一下，这样可以呈现出的拇指纹路的范围就更大了。

“为了有一个准确的参照物，”桑戴克说道，“现在，我们还得取一枚带血的指印。”

桑戴克再次清洗了一遍鲁宾的拇指，并将其擦拭干净。之后，桑戴克取出一根针，刺破了自己的拇指，并在卡纸上挤出一大滴血来。

“看见了吧，不是每个律师都像我一样愿意为他的客户流血的。”桑戴克笑着说道，并用针将凝结在一起的血滴轻轻拨开，形成一摊浅浅的血水。

之后桑戴克也是用之前同样的方式，在另外两张卡片上制作了十二枚血指印，每枚指印都用铅笔编上了号码。

“现在的话，”桑戴克一边为鲁宾清洗拇指，一边说道，“咱们的初步调查就算是完成了。鲁宾，如果可以话，请将你的住址留给我，今天的工作就到此为止了。劳里先生，实在很抱歉，我的调查实验耽误您的宝贵时间了。”

事实上，律师劳里早就等得不耐烦了。桑戴克的全部工作结束后，劳里终于长舒了口气，立刻站了起来。

“您的调查方法我很感兴趣，”劳里言不由衷地恭维道，“但恕我直言，我确实不明白你接受这个案子的初衷。对了，还有件事情想跟你说一下。鲁宾，如果你不介意的话，可否在门外等我几分钟呢？”

“没问题，”鲁宾回答说，他对律师劳里的虚情假意也是心知肚明，“不用考虑我，你们慢慢聊。至少到目前为止，我的时间还是自由的。”说完他便和桑戴克握手告别，告别时桑戴克真诚又友善的态度显而易见。

“再会了，鲁宾！”桑戴克说道，“不要过于乐观，也不要失去信心。保持清醒和理性，如果你突然想到了什么与这个案子有关的事情，立刻与我联系。”

鲁宾离开后，门刚关上，劳里就立刻坐到了桑戴克的面前。

“我觉得下面这些话还是我们私下谈比较好，”劳里说道，

“能不能告诉我你接下来采取的方法是什么，因为你对这个案子的态度实在让我困惑不已。”

“你有什么好的建议呢？”桑戴克反问道。

劳里耸了耸肩无奈地说道：“现在的情况就是：我们这位小兄弟偷了一袋钻石，然后不巧被发现了。至少在我看来，事情就是这样。”

“然而在我看来，事情并不是这样，”桑戴克冷冷地说道，“他可能偷了，也可能没偷。在还没有鉴定完所有证据，以及得到更多的证据之前，我是不会下结论的。希望接下来一两天的调查中能有所突破。我建议在我确定好辩护策略之后，再做下一步的打算。”

“那就如你所愿吧，”劳里拿起了帽子，回答道，“不过我担心，你的选择会让这小混蛋‘期望越大，失望越大’，在法庭上输得更惨。更何况我们也可能因此名声扫地。我可不想让自己在法庭上成为笑柄。”

“我当然也不想，”桑戴克说道，“不过我还是要仔细调查一下这个案子，过两天我再跟你联络探讨案情的进展吧。”

桑戴克把门打开后，目送劳里下了楼。等到劳里的脚步声已经离得很远的时候，桑戴克便砰的一声把门关上，转过身来，神情恼怒。

“这个‘小混蛋’对于他的委托律师肯定也是很不满意！”桑戴克感叹道，“对了，杰维斯，刚才你不是说你失业了吗？”

“是呀。”我回答道。

“正好啊，那你愿不愿意跟我一起调查这起案子呢？当然是以正式聘请你的方式。我手上还有好多事儿，如果有你在，那就帮大忙了。”

“当然，十分高兴为你效劳！”我发自内心地坦白道。

“太好了！明天早上你就过来跟我一起用餐吧。明早就把聘请你的合同条款敲定，然后你就可以正式上岗了。现在嘛，我们还是点上烟斗，接着叙我们的旧吧，就当这两人从来没来过。”

第3章　小插曲

第二天早上，当我再次来到桑戴克的住所时，他已经开始埋头工作了。桌子的一头放着早餐，另一头立着一台显微镜。这是台用来观察微生物的显微镜。显微镜的载物台上放着一张带有血指印的卡片，那枚指印是昨天从鲁宾手指上采集的。聚光器将光线聚焦到了指印上的一点，桑戴克正聚精会神地观察着。我敲门之后进来，当我坐到了椅子上时，我这老伙伴才抬起了头。

“看来，你已经开始调查研究起来了啊。”我话音刚落，只听见电铃声响起，博尔特端着早餐走了进来。

“是啊，跟以往一样，有博尔特这位后勤主任的帮助，我便能够率先开始行动了。对吧，博尔特？”桑戴克说道。

博尔特虽然个子矮小，但面容俊朗，举止得体，看起来聪明伶俐。而他这种外貌举止却跟他手上的托盘有些格格不入。博尔特面带微笑，自信而又满怀敬仰地对桑戴克说道：

“是的，先生。我们没有浪费一丁点儿的时间。现在楼上正在冲洗负片，还有一张放大的照片也在冲洗。您吃完早餐应该就冲印好了。”

当博尔特退下之后，桑戴克得意地说道：“杰维斯，我告诉你，博尔特可是个传奇人物。虽然看样子，他文质彬彬像个牧师或者法官，但是实际上，他天生就是物理学方面的专家。起初他只是个修表的，后来他独自制作起了光学仪器。而现在，他既是给我负责机械的总管家，又是我的法医助手，简直成了我的左右手。可能你还没感觉到吧，时间长了，接触久了你便会明白的。”

“那你是怎么认识上博尔特的呢？”我问道。

“我第一次见他是在医院的时候，他是一名住院患者。遭受了厄运和贫穷的双重打击，当时他身患重病，万念俱灰。刚开始，我只是给了他一些零碎的工作。当我发现他的过人天赋之后便将他长期地雇用了下来。他对我是全心全意，深怀感激之情的。”

“刚才他说的照片是怎么回事儿啊？”我又问道。

“他在感光纸上印了一张放大的指纹照片，又印了一张同等大小的底片，以备需要重复冲印。”

“看得出来你很希望能帮上那位可怜的鲁宾，可我真不知道你接下来有何计策。就我来看，这案子没有一点儿辩护的希望啊。虽然我不想把这罪名扣到他头上，但如果说他是无辜的，又是说不通的啊。”我说道。

“这案子看起来确实没什么希望，”桑戴克表示同意，“目前为止，我也没有发现什么突破性的线索。但对于任何案件我都坚持一个原则：推理演绎的每一步都不能缺漏——即搜集事实证据、建立假设、验证假设，以及最后的确认核实，这四个步骤都不可或缺，而且我这个人总是愿意保持开放性的思维。

“就我们现在这个案子来说，假设确实发生了盗窃，那么我们可以想到的嫌疑人就有四个：第一种可能是鲁宾·霍恩比；第二种可能是瓦尔特·霍恩比；第三种可能是约翰·霍恩比；还有一种可能则是其他人作的案。目前暂时忽略第四种情况，重点放在前三种上。”

“约翰·霍恩比怎么可能从自己的保险柜里偷走钻石？”我惊诧道。

“我对以上三种假设都一视同仁，没有个人倾向，”桑戴克说，“我只是简单地将能想到的情况都列出来。约翰·霍恩比是保险柜的主人，而且握有钥匙，所以他有条件偷走钻石。”

“但是就算他偷了钻石，也会面临巨额赔偿啊。”

“他在保管和运输钻石的过程中有严重疏忽的话，才需要负责赔偿。然而这个过程中他是否有严重疏忽却很难证明。要知道，约翰·霍恩比是无偿受托人，对这些钻石本来就没有什么责任，除非有证据显示他犯有重大的疏忽之罪。”

“老兄啊，那拇指印又怎么解释呢？”我略微激动地问道。

“我也不知道自己最终能不能解释这个指印，”桑戴克平静地回答道，“不过我觉得你的想法跟警方很一致啊。你们都认为指纹是断案的唯一标准，好像是决定性的证据一样，容不得质疑。甚至连调查都不做就可以断案。这简直愚昧至极啊！这枚指印仅仅是一个证物罢了。虽然我也承认，它是个重要证物，但是归根结底它也只是一个证物。它跟其他的证物一样，只是有提供证据的价值而已。”

“那么接下来你第一步准备做什么？”

“虽然我很相信警方的指纹专家，丝毫不怀疑他们的专业水准，但是，首先，我还是得亲自确认一下现场嫌疑犯的拇指印跟鲁宾的拇指印是否完全吻合。”

“然后呢？”

“搜集新证据啊！这就是需要你帮忙的地方了。既然我们都吃完早餐了，那我现在就给你交代工作任务吧。”

说完桑戴克起身按响了电铃呼叫博尔特，然后自己走进办公室里，带出来四个小型记事本，放到了我的面前。

“这一本，”桑戴克说道，“用来记录鲁宾·霍恩比的资料。只要是跟鲁宾相关的事情，记住，哪怕是十分琐碎的，或是看起来无关紧要的事儿，都要记录上，不能漏掉。”说完，桑戴克在封面上写下“**鲁宾·霍恩比**”五个字，然后把本子递给了我。

“这第二个记事本，也要以同样的方法记录与瓦尔特·霍恩比有关所有的事情。第三本是用来记录约翰·霍恩比的。至于第四本，则是用来记录与这起案子有关但又不属于前三本内容的其他事情。好了，现在让我们看看博尔特的劳动成果吧。”

桑戴克从博尔特手中接过一张长十英寸、宽八英寸的照片。照片印在感光纸上，感光纸附在硬纸卡上。这是把鲁宾的拇指印放大后的图像。放大后的拇指印将指纹的细枝末节展现得淋漓尽致。比如，汗腺的开口，以及一些细小的和不规则的纹路都能够看得清清楚楚。要在原图上看到细节，需要用放大镜才行，而现在用肉眼就能够看到了。另外，整个图片被黑色细线分割成了许多大小相同的小方格，每一个方格都有各自的编号。

“博尔特，你完成得太棒了!”桑戴克称赞道，“放大的效果真是好极了！杰维斯，你看，我们先用测微器将原图分割成均匀大小的方格，每个方格边长都是十二分之一英寸。然后再将每个方格拍下来，拍摄中又放大了八倍。所以最后放大成像出来的每个方格的边长变成了三分之二英寸。我有许多刻度不同的测微器。这些测微器是用来检验支票和可疑签名这类东西的。博尔特，我刚看见你把照相机和显微镜都放进去了，那测微器也装进去了吗?”

“装好了，先生,”博尔特回答道，“我还装了一个六英寸长的物镜和一个低倍率的目镜，所有的东西都在这箱子里了。以防到时光线不好，我把‘快速成像’的底片也带上了。”

“好了，那我们现在向伦敦警察局出发吧。不入虎穴，焉得虎子!”桑戴克一边戴上帽子和手套，一边笑着说道。

“稍等，难道你真想把这个巨型显微镜一路抬到警察局去?你不就需要放大八倍吗?有没有解剖显微镜，或是其他方便随身携带的显微镜?”

“我确实有一个精美的解剖显微镜，那是博尔特自己设计制作的。我可以让博尔特拿给你看看，不过我到时可能会需要一个更精密、功能更强大的显微镜，所以还是把这大家伙扛上吧!对了，我还得提醒你一件事：当着那些警察的面，无论我做了什么，说了什么，你都不要发表意见。我们是去搜集资料的，可不是去提供资料的，你懂的。”

这时，客厅门外传来了黄铜门环的敲击声，敲击声略带胆怯和歉意。

“又是哪个倒霉家伙来敲门了?”桑戴克低声抱怨着，然后把显微镜重新放到了桌上。他径直向门口走去，猛地一下就把门打开了。但是当桑戴克面对这位访客时，他的举止立刻缓和了下来，马上脱帽子行礼。桑戴克转过身来，我看到他身后出现了一位女士。

“您就是桑戴克医师吧?”她问道，只见桑戴克弯腰示意，她又继续说道，“我本应该先跟您书面预约的，但是这件事情十分紧急——这事儿跟鲁宾·霍恩比有关。今天早上他才告诉我，昨晚他已经来找过你了。”

“先请进吧，”桑戴克说道，“我们正准备赶去伦敦警察局调查这案子呢。我先介绍一下，这位是我的同事杰维斯医师，他和我一起办理这个案子。”

访客是一位二十岁左右的女子，身材高挑，容貌姣好。她看到我后，我们相互点头示意。然后她用一种非常平稳的语调说道：“我叫朱丽叶·吉布森。我要说的事很简单，不会耽误你们很久的。”

桑戴克为她拿来一张椅子，她坐下之后继续说。她的话十分简洁，却条理清晰：

“首先我得自我介绍一下，这样你们才能明白我为什么要来。

六年前，我就跟约翰·霍恩比以及他的夫人住在一起，虽然我们没有血缘关系。我十五岁的时候就到他们家了。当时我的性质有点儿像是霍恩比夫人的跟班丫鬟，不过工作其实一点儿都不繁重。我觉得霍恩比夫人之所以把我带进她家，是因为我是孤儿，当时我自己根本没办法活下去，而且霍恩比夫人又膝下无子。

“三年前我意外地继承了一笔不小的遗产，这让我能够经济独立了。然而我跟霍恩比夫妇一直相处得非常融洽，所以我请求能够继续留下来。之后，我就以养女的身份一直留在了他们家。霍恩比先生的两个侄子经常过来，我也跟他们接触很多。我猜你也能够想象得到，鲁宾被控盗窃对我们来讲简直就是晴天霹雳。所以今天我过来首先是想告诉你：那些钻石绝不会是鲁宾偷的。以我对他的了解，他绝不可能去做这种事。我坚信他是清白的，并且我也愿意向他提供帮助。”

“怎么提供帮助呢?”桑戴克问道。

“提供资金上的援助，”吉布森小姐回答道，“我知道法律咨询和法律援助的费用是很高的。”

“是的，正如你说，费用恐怕确实很高。”桑戴克说。

“我可以肯定的是鲁宾现在手上没什么钱，所以他需要朋友的帮助。我请你们竭尽全力，不放过任何的蛛丝马迹，最终还鲁宾一个清白。请不要担心费用的问题，任何额外的费用我都愿意为他支付。也请你们对这件事情保密，我不想让鲁宾知道我来过。”

“吉布森小姐，你对朋友可真够实在啊，”桑戴克笑道，“不过，实际上对我来讲费用并不是什么问题。如果你确实想要慷慨解囊的话，你可以让你的监护人霍恩比先生作为中间人，让他跟鲁宾的律师联系，征求律师的同意。不过我想你应该不会这么做的。你能够过来我还是非常高兴的，因为你可以在其他方面为我们提供宝贵的帮助。例如，我有几个冒昧的问题想问一下，不知道你是否愿意回答呢？”

“只要是你认为有必要问的问题，我都不会认为有什么冒昧。”吉布森小姐回答道。

“既然如此，那我想问的是，你和鲁宾之间是否存在某种特殊的关系呢？”桑戴克问道。

“你肯定想当然地认为这就是我前来求助的原因吧？”吉布森笑着说道，脸上微微有些泛红，“不是你所想的那样，我和鲁宾并非男女关系，最多算是蓝颜知己。不过说到男女关系，瓦尔特倒是跟我有些沾边。”

“你的意思是你和瓦尔特订婚了？”

“不不不，”她着急说道，“不过，他向我求过婚，而且不止一次。我相信他对我确实有真心的爱恋之情。”

吉布森小姐在说最后一句话时的口气有些怪。她口头上说是相信，但口气听起来让人觉得她是在怀疑。桑戴克也注意到了这一疑点，于是他反问道：

“瓦尔特当然是真心的，怎么会不是呢？”

“你知道，我自己每年大概有六百英镑的收入，而瓦尔特现在既没什么钱，也没什么前途。他要是能娶我的话，当然是捡大便宜的事儿了。因此他向我求婚的话，不免让人觉得他是奔着我的钱来的。虽然如此，我还是相信他是真心的，而不仅仅是为了我的钱。”

“我也相信他对你是真心的，”桑戴克笑着说道，“就算他是一个拜金男，也肯定是真心爱你的。当然，我相信他不是一个拜金男。”

吉布森小姐的脸颊此刻变得绯红而可爱，她回答道：

“哎呀，您实在是太过奖了，我自己有多少魅力我还是很清楚的。不过说到瓦尔特，事实上用‘拜金男’这个词来形容他也不为过。我从来没有见过把金钱看得这么重的年轻人。他是一门心思想出人头地，不过我也相信他能成功。”

“这么说，你拒绝了他的求婚？”

“是的。虽然我觉得他人不错，但也没觉得他好到让我考虑要嫁给他。”

“这样啊。那我们现在来聊聊鲁宾吧，你认识他有几年了呢？”

“我跟他已经有六年的交情了。”吉布森小姐回答道。

“那你觉得他是个什么样的人呢？”

“根据我对他的了解，”她回答道，“他这个人就从来没说过谎，也从来没干过什么卑鄙的事儿。要是说他偷窃，简直就是荒谬啊。鲁宾也不爱花钱，他可以说是个非常节俭的人。而鲁宾对于金钱冷漠的程度，就如同瓦尔特对于金钱的热衷程度一样，也是到了一种极致。他为人慷慨，工作勤奋又谨慎。”

“吉布森小姐，非常感谢你对本案的帮助，”桑戴克说道，“如果案情需要，我们还会找你的。到时候我想你肯定也会欣然配合的吧。你这么冷静，思维清晰，而且对我们坦诚得毫无保留，你的帮助将是巨大的。请留下你的名片，杰维斯和我会向你告知案件的进展，有需要的话便会向你求助的。”

美女访客离开之后，桑戴克一个人坐在那儿，眼睛直勾勾地盯着壁炉的火苗，出神地盯了有一两分钟。突然，他看了看表，又马上回过神来，立刻戴上他的帽子，提起显微镜，然后把装有仪器的箱子递给我，便朝门口走去。

“这时间眨眼就过了！”在我们下楼时，桑戴克感叹道，“不过这段时间并没有被浪费，是吧，杰维斯？”

“应该是吧。”我有点儿犹豫地说。

“应该是？”桑戴克反问道，“你是不是觉得我这么说很奇怪？用文学上分析小说的术语来说，就是还有个‘心理层面的问题’有待解决。这也是你要负责解决的问题。”

“你是说吉布森小姐和那俩小伙儿的关系吗？”

桑戴克点头示意。

“这跟我们的案子有什么关系？”我问道。

“当然有关系了！”桑戴克回答道，“我们现在还在进行最初步的调查，任何事情都要考虑进来。要找出线索，就不能放过任何的蛛丝马迹。”

“好吧。首先，我觉得吉布森并不怎么喜欢瓦尔特。”

“是不怎么喜欢，”桑戴克轻声笑道，“我们可以认定精明的瓦尔特并不怎么讨吉布森小姐的欢心。”

“看来要讨得吉布森的欢心还得向鲁宾学习，可不能学瓦尔特。”我说道。

“同意，”桑戴克回答说，“你接着往下说。”

“这位美女访客给我的感觉是，她非常欣赏鲁宾，但又不是特别坚定，好像受到了其他信息的干扰。刚才谈到鲁宾时她说‘根据我对他的了解’，这句话听上去好像她对鲁宾的了解跟其他人的了解不太一样。”

“厉害啊！”桑戴克兴奋地叫道，并情不自禁地拍打了一下我的后背。他这兴奋的惊呼声把从我们旁边路过的警察都吓了一跳。

“这就是我所期望的——你能够通过表象看到本质。是的，我也觉得有人在背后说了鲁宾的坏话。那我们就要查出是谁说了坏话，说了什么样的坏话。改天我们还得找吉布森谈谈。”

“奇怪，你刚才怎么不直接问她那句话是什么意思？”我发愣地问道。

“你自己怎么不问啊？”桑戴克冲我笑着反问道。

“我本想问的，不过我觉得要是表现得过于敏锐反而会显得太愣头青了。我来拿会儿显微镜吧，我看你累得够呛了。”

“多谢啊，这玩意儿可真沉。”桑戴克将箱子递给我，揉了揉手指。

“真不知道你干吗要带着这个大家伙，”我说道，“放大镜都够用了。就算用六英寸长的物镜也最多再放大两至三倍。”

“镜筒固定的话是放大两倍，”桑戴克回答道，“加上低倍率的目镜就可以放大四倍。博尔特把这两个东西都为我制作好了，方便我检查支票、签名或是其他东西。到了警局我使用的时候你就明白了。记住，你不要在他们面前发表任何意见。”

说着，我们便来到了伦敦警察局的大门。当我们走在狭长的走廊时，迎面走来一位穿着制服的警官，他看到桑戴克后立刻停下脚步，脱帽敬礼。

“哈哈，桑戴克，我就猜到你会过来的，”警官微笑着说道，“我早上就听说你接手了这个拇指印的案子了。”

“是啊，”桑戴克回答道，“我就过来看看还能为被告做些啥。”

警官一边领着我们进去，一边说道：“你之前办的案子确实让我们意外连连，不过这个案子你要是还能有所作为的话，那我们可真要大跌眼镜了。我敢说这案子已经铁证如山，可以直接宣判了。”

“老兄，咱们法律上可没有直接宣判这一说。你说是铁证，我看只是用来立案的初步证据吧。”桑戴克说道。

“你想怎么说就怎么说吧，”警官狡黠地笑着说道，“虽然我知道你很能啃骨头，但这案子可能会是你遇到的最难啃的一根骨头。现在我带你先到辛格顿的办公室去吧。”

警官领着我们穿过一条长廊，走进了一间偌大的房间，房间朴素得几乎没有任何装潢。房间里放着巨大的写字台，写字台后面坐着一位神情严肃、不苟言笑的中年男子。

“你好啊，桑戴克医师，”男子坐了起来，与桑戴克握了握手，“我猜你是来看拇指印的，是吧？”

“如你所料，正是此意。”桑戴克回答说，介绍完我的身份之后，他继续说道：“上次我们是同一阵营，这次我们可就是对立阵营了。”

“是的，这回我们可要将你的军了。”辛格顿说道。

说完，辛格顿便打开抽屉，拿出了一个档案夹，从里面抽出一张纸，放到了桌面。这张纸像是从某个打孔记事本里撕下来的。纸上面用铅笔写着一行字：“1901 年 3 月 9 日，下午 7 点 30 分，由鲁宾送达。约翰·霍恩比。”纸张的一头有一块深色的血迹，血迹有被指头擦过的痕迹，看得出这是由很大的一粒血滴形成的。这块血迹的旁边还有两三个小一点儿的血色擦痕，其中就有一枚相当清晰的拇指手印。

桑戴克全神贯注地盯着那张纸看了两三分钟，并来回仔细地察看那枚拇指印和其他几个血迹，整个过程桑戴克一声不吭。辛格顿好奇地看着聚精会神的桑戴克。

“这枚指印识别起来没什么困难。”辛格顿忍不住说道。

“是的，这枚指印相当清晰，特征明显，就算没有那道伤疤也能识别出是谁的。”桑戴克回答说。

“嗯。”桑戴克回答着，便从夹子里拿出了刚才那张放大的照片。原本严肃的辛格顿看到那张大照片不由得咧嘴笑了起来。

“哈哈，放大了这么多，你是不想戴眼镜吧，”辛格顿大笑着说，“而且也没什么不一样啊。要想知道指纹脉络的特征，放大三倍就足够了。我看你把照片分成一格一格的，你这想法是不错。不过我们的办法会更有效，我们这也是借鉴了指纹大师高尔顿的方法。”

辛格顿从档案夹里拿出了一张拇指印的照片。这是张四英寸的放大照片。这张照片上也标注了许多书写精细的数字。这些数字被标注在了指纹上的岛状环形、分叉点或其他有明显特征的地方。

“这种标记方法比你的方格法要好吧，这些数字标记的都是重要的特征。”辛格顿说道。“不像你的标记，完全死板地跟着格子走，重要性也不加以区分。另外，我们可不会让你在原图上做标记。我们可以给你张原图的照片，效果也是一样的。”

“我正想借你的原图拍张照片呢。”桑戴克说道。

“你想自己亲自拍照的话，当然也没问题，”辛格顿回答说，“我明白你的疑虑。抱歉，现在我得继续我的工作了。之后你还需要什么的话，警督约翰逊会协助你的。”

“明白，他不仅会协助我，还会紧盯着我，以防我把原件给偷了。”桑戴克看着约翰逊笑着补充道。这位警督就是刚才带我们进来的那位。

“嘿嘿，我会奉公职守的。”警督咧嘴笑道。

之后，辛格顿便回到办公桌前，桑戴克此刻也将带来的箱子打开，取出了显微镜。

“你准备用这个巨型显微镜看什么呢？”辛格顿看到取出的仪器后，惊讶地问道。

“我收了钱，总得办点事儿吧。”桑戴克一边开玩笑地说道，一边将显微镜架了起来，并装上了两个目镜。“您看仔细了，我可没玩什么花招哦。”桑戴克故意对警督说道，然后将指印原图夹在两片玻璃之间，放到了显微镜的载物台上，开始对焦观察了起来。

“我正仔细看着呢。”警督轻声笑道。他确实在很仔细地看着，一副兴趣盎然的样子。

此刻，我也正认真地看着桑戴克的操作，同时脑子也在不停地转着。他先是用六英寸的物镜看了看，然后转动转换器，调到了半英寸的物镜，之后又插入了一个更高倍率的目镜。他检查了其他几块血迹，然后才将指印放到了镜头下。

桑戴克全神贯注地观察了好一会儿，之后又从箱子里取出了一盏小的酒精灯。因为被点燃的酒精灯发出的是黄色的钠盐火焰，所以酒精灯内装着的应该是含有钠盐的酒精溶液。然后桑戴克取下了一个物镜，换上了一个分光镜，再把酒精灯移到了反射镜前，并开始调节反射镜。显然桑戴克是想通过调节反射镜，对准火焰光谱中的“D”线，也就是其中的钠线。

完成调节之后，桑戴克重新用折射光来对着血迹和指印进行观察。我看到这次桑戴克在用显微镜观察的时候，匆忙地在笔记本上记下了一些东西。完成这次观察之后，他把酒精灯与分光镜子一起放回了箱子里，然后又从箱子里拿出了一个测微器。这个测微器上有个很薄的玻璃片，约三英寸长，一英寸半宽。桑戴克将这个测微器放到了夹有指印的镜片之上。

通过夹子稍作固定之后，桑戴克缓慢移动测微器，一边看着显微镜下的原图，一边比较手上那张放大的照片。在反复比较和调整之后，桑戴克隐约露出了满意的笑容，并对我说：

"现在调整好了，原图指纹的方向位置和我们照片上指纹的方向位置相一致了。下面就要请警督约翰逊来帮忙拍个照了。这样我们便可以带着照片回去慢慢看了。"

说着，桑戴克便从盒子里拿出照相机，并将镜头打开。实际上这个照相机就是一块相机底板。然后桑戴克将显微镜的镜头放置成水平状与桌面平行。装相机的盒子下面伸出三个铜脚架，照相机放在上面，脚架调整之后高度正好与目镜持平。

通过一个套筒，照相机的镜头与显微镜的目镜相接。不仅套筒上缠有薄薄的黑色皮革，而且桑戴克还在套筒和目镜的交接处缠上了皮革。这样，相机和显微镜之间便没有其他光线的介入了。

现在万事俱备，只等拍照了。窗外的光线通过聚光镜照在拇指印上。桑戴克拿掉镜头盖，仔细地调节焦距，在物镜上轻轻放上了个小的皮帽，打开暗匣，抽出遮光板。

"在我曝光照片的时候，请各位一定要保持静坐不动，"桑戴克对我和警督说道，"哪怕是一丁点儿的震动都会让照片的清晰度严重受损。"

我们一动不动地静坐着，只见桑戴克拿掉镜盖后，开始曝光照片。他也纹丝不动地站着，看着手中的怀表。

"我们得再拍一张，以防第一张照出来的效果不完美。"说完他盖上镜头，插入了遮光器。

过了一会儿，他又打开暗匣，用之前同样的方式照了一张。然后把测微器取走，换上了一片玻璃，又照了两张。

“还剩两张底片，”桑戴克一边说道，一边抽出第二张底片，“剩下两张就拍纸上的其他血迹。”

于是他又将原纸上的那大块血迹，以及旁边那块小的血迹拍了下来。

“好啦。”桑戴克心满意足地说道，然后便收拾起他的箱子来。这箱子被警督戏称为“百宝箱”。

“我们算是把伦敦警局能提供的信息都压榨干了。辛格顿先生，作为你的对手，也就是被告方的顾问，非常感谢你的帮助。”

“我们可不是对手，”辛格顿反驳道，“虽然我们警方的工作是搜集罪证、力求定罪，但是我们绝不会阻挠被告方的工作。你应该相当清楚这一点。”

“我当然清楚啦，”桑戴克跟辛格顿握着手回答道，“你对我的帮助可不止是这一两回了，对此我真是感激不尽。好了，今天我们就此告辞了。”

“好的，再见了，桑戴克！祝你好运啊，不过这一次恐怕你走的是条死胡同。”

“走着瞧吧！”桑戴克笑着回答道，并与旁边的警督挥手告别，然后提起两个箱子，走出了警局。

第4章　知心话

在回去的路上，桑戴克一反常态，一直沉思不语，神情十分专注。虽然桑戴克跟往常一样摆着一副冷酷的表情，但我还是察觉到冷酷之下还藏着一种被压抑的兴奋之情。路上我一直忍着一句话也没说，既没有评论也没提问。不仅是因为看到他心事重重，也是因为知道他这个人认为自己分内的事儿就没必要多说，就算是对我，也没必要说。

回到他的住所，桑戴克立刻把照相机交给博尔特，简单地就洗照片的事儿交代了几句。这时午餐已经准备好了，我们二话没说就坐到餐桌前开始就餐。

吃饭时我俩都一声不吭。突然，桑戴克将手上的刀叉放下，抬起头来看着我，脸上露出了夸张的笑容，然后说道：

“杰维斯，我突然意识到啊，你是世上最适合做朋友的人，你保持沉默的能力简直是上天的恩赐。”

“如果照你说，保持沉默是做朋友的美德，”我咧嘴笑道，“那么你应该更适合做朋友了。”

桑戴克大笑着说道：

“随便你怎么讽刺挖苦吧，不过我还是坚持我的观点：保持适当的沉默是最难能可贵的社交能力。要换成其他人，肯定会就我在警局的事儿问个不停，谈个不停。而你却能保持沉默，让我能安静地整理思路，将今天收集的信息分门别类，一项一项地储存入我的大脑。另外，今天我还漏了件事儿。”

“什么事儿？”我问道。

“那个指纹模啊。我忘了问它是在警察局里，还是在霍恩比夫人那儿了。”

“这重要吗？”

“也不是太重要，但我一定要看一看。而且这样你也有借口去拜访一下吉布森小姐了。今天下午我得在医院忙一些事情，博尔特手上也有一堆事要做，所以只有让你去恩兹利花园了，也就是吉布森小姐的住址。如果你能见到吉布森小姐，尽量和她谈谈心，聊聊悄悄话，了解一下这三位先生的行为个性和生活习惯。你既要扮演好知心朋友的角色，也要保持敏锐的洞察力。只要是与三个人相关的事儿，你都要尽量打听打听。他们的任何事儿对我们来讲都是重要的事儿，哪怕是他们的裁缝师的名字。”

“那指纹模这事儿怎么说？”

“先搞清楚这东西在谁手上。如果在霍恩比夫人手上，那你就想办法把它借过来，最好是得到她的允许，让我们拍几张指纹模的照片。”

“好的，照你说的做，”我回答道，“看来我得先在外形上下点儿功夫，今天下午可是我第一次扮演八卦男闺蜜这样的角色。”

一小时之后，我来到恩兹利花园，也就是霍恩比先生的住所。我按了一下门铃。

“吉布森小姐在家吗？”

“找吉布森小姐？”前来开门女仆回答道，“小姐好像正准备出门，但我不确定她是不是走了。您先进来吧，我去看看。”

我跟着这名女仆走入客厅，客厅周围放着一些乱七八糟的小桌子和各式各样的家具。这年头，女士们总喜欢将自己的地盘装饰成一个二手店。好不容易我才在壁炉旁边找到了个位置坐了下来，等着女仆的回信。

不到一分钟，我板凳还没坐热，吉布森小姐便走进了客厅。她已经戴好了帽子和手套，正准备出门。我真是庆幸自己来的时间正好。

“杰维斯医师，没想到这么快又见面了，”吉布森说道，并亲切友善地与我握手，“欢迎你随时来访。你有什么消息要告诉我吗？”

“恰好相反，”我说道，“我来是有些事要问你。”

“这样啊。不过，有事可问总比无事可问强，”她嘴上这么说，但脸上露出了一丝失望的神色，“请坐。”

我小心翼翼地坐在了一张破旧不堪的矮椅子上，然后开门见山地问道：

“你还记得那个叫指纹模的东西吗？”

“当然记得，”吉布森小姐有点儿激动地说道，“那东西是这所有麻烦事儿的祸根。”

“你知道这东西现在在谁手上吗?”

“当时警方把这东西拿回了警局，本来想请指纹专家对两枚指纹做比较鉴定的，警方还想把这个东西留下来。霍恩比夫人对此十分不满，她可不想让自己的东西成为警方控诉的证物，最后警方还是把指纹模还给了霍恩比夫人。因为他们并不需要那个东西，鲁宾被关押之后，他们自己就可以取得鲁宾的指纹。而实际上，被捕后是鲁宾自己主动提供的指纹。”

“这么说指纹模现在在霍恩比夫人手上?”

“是的，除非她已经把指纹模给毁掉了。她之前可扬言要这么做。”

“但愿她没这么做，”我有些担心地说道，“因为桑戴克现在急着想看看那个东西。”

“霍恩比夫人过几分钟后就下楼来了，到时我们就知道了。我刚告诉她你来这儿了。你知道桑戴克为什么要看这个东西吗?”

“我也不知道，”我回答道，“桑戴克对我跟对别人一样——听得认真，看得仔细，却守口如瓶。”

“听你这么说他似乎不太平易近人啊，”吉布森小姐略带沉思地说道，“但我觉得他应该是个好人，而且应该还挺有同情心的。”

“他确实是个大好人，也确实很有同情心，”我强调道，“但他从不会为了迎合他人而去泄露客户的隐私。”

“我也这么认为，他就没怎么迎合我。”吉布森小姐笑着说道，但我还是察觉到她微微有些恼怒。

正当我犹豫要不要通过自责和道歉来弥补刚才的失礼时，从门外进来了一位老妇人。她个子不高，有些发福，面容和蔼可亲，神态平静，但说句心里话，她给我的第一印象是一种愚蠢的感觉。

“这位就是霍恩比夫人，”吉布森介绍道，“霍恩比夫人，杰维斯医生过来就是询问指纹模的事儿。你没把它摧毁掉吧？”

“当然没有，亲爱的，”霍恩比夫人回答道，“它还在抽屉里放着呢。杰维斯医生想用这个东西干什么呢？”

看到霍恩比夫人的脸上露出了不安的神色，我赶紧安慰道：

“我的同事，也就是桑戴克，他急着想检查一下这个东西。您侄子的案子，也是他在操办。”

“对对对，”霍恩比夫人说，“吉布森跟我说过他。她跟我说那个叫桑戴克的人很是讨人喜欢，非常可爱。”

这时我看了吉布森小姐一眼，她的眼神中露出了一种顽皮的神采，脸颊也有些微微泛红。

“呃，”我略带含糊地说道，“说他可爱我倒是没觉得，不过我对他的总体评价还是非常之高的。”

“女人说‘可爱’，男人说‘评价高’，都是一个意思。”吉布森小姐说道，刚才还害羞尴尬的吉布森，现在又恢复了端庄矜持仪态。“我觉得女性的表达更加简练精辟，而且意义准确。说回正事儿吧，伯母，你愿意把指纹模借给杰维斯，让他带回去给桑戴克检查吗？”

“当然，吉布森，只要是能帮到那可怜的鲁宾，什么事儿我都愿意。我绝不相信他会去偷窃。这案子里肯定有大大的问题，我当时也是这么跟警方说的。我当时坚称鲁宾绝不会去偷东西，可是他们就是不相信我。我可是看着鲁宾长大的，所以最有资格对鲁宾评价的也是我啊。还有，那些钻石！我问你，鲁宾要那些钻石干什么？那些钻石都还没切割呢！”

霍恩比夫人说着说着激动地流出眼泪，她拿出一条花边手绢擦了擦眼角。

“我相信桑戴克肯定会从你的指纹模里发现点儿什么的。”看到她愈发激动的情绪，我安慰道。

“对，那个指纹模，”她回答道，“桑戴克需要的话，我万分乐意。他对这东西感兴趣我是再高兴不过了，这至少说明他对鲁宾这起案子很用心，让我看到了希望。杰维斯，我跟你讲啊，那些警察简直不可理喻，他们还想把这东西扣下来，作为控方证据。这可是我的东西，你想想看！我咋能同意呢。在我的坚决反对之下，他们只好还给了我。现在我是绝不会给警方提供任何帮助了，我可怜的侄子啊。”

“嗯，那现在的话，”吉布森小姐说道，“你就把指纹模交给杰维斯吧，让他带回去给桑戴克。”

“当然没问题，”霍恩比夫人爽快地说道，“现在就给你，而且也不用还回来了。你们用完这东西就把它丢进火坑里烧了吧，我是再也不想看到这玩意儿了。”

其实我一直在思考到底要不要借走这个指纹模，最终我觉得这东西从霍恩比夫人手上拿走实在太草率了，于是我解释道：

“我也不知道桑戴克检验这个指纹模的目的是什么，但是我猜他是想要拿这东西作为呈堂证据。如果是这样的话，这件东西最好还是由你亲自保管。而且桑戴克也只让我征得你的允许，给指纹模拍张照片。”

“哦，这样啊，如果他要照片，”霍恩比夫人说，“这事儿太简单了。我的另一个侄子瓦尔特就可以帮你们照一张。只要我开口，他肯定会答应。这孩子简直聪明透顶，我说得对吧，吉布森？”

“伯母，你说得对，”吉布森简短地回答说，“但我觉得桑戴克更愿意自己拍照。”

“我确信桑戴克更愿意自己拍照，”我也说道，“对他来讲，别人拍的照片简直毫无用处。”

“哦，”霍恩比夫人语气显得有点儿受挫，“你肯定以为瓦尔特拍的照只是业余水平。可是我告诉你，我拿些他拍的照片给你们看看，你们肯定会大吃一惊。他的拍照水平可是相当专业的。这孩子的脑壳儿可不是一般的好使。”

“我们直接把这东西送到桑戴克的住所怎么样？”吉布森赶紧把话题拉了回来，“这样既省时，又省事儿。”

“那实在是太麻烦你们了。”我话还没说完，吉布森就打断道。

“没事，一点儿也不麻烦。我们什么时候带过去呢？今晚怎么样？”

“好的，就今晚，”我回答道，“这样桑戴克就可以立刻进行查看，然后决定如何处置这个东西。实在是给你们添麻烦了。”

“不用客气啦，”吉布森说道，“伯母，要不你跟我一起去吧？”

“好啊！”霍恩比夫人回答说。

当霍恩比夫人正想继续唠叨的时候，吉布森站了起来，看了眼手上的表，说自己有事得出门了。于是我正好起身告辞，然后吉布森说道：

“杰维斯，你要是和我顺路，我们可以在路上定一下晚上来访的时间。”

我毫不犹豫，即刻答应与吉布森同路离开。几秒的时间，我们便快步走出了大门，只留下霍恩比夫人一个人呆呆地站在门口目送着我们离去。

“你觉得晚上八点合适吗？”吉布森一边走着，一边问道。

“八点钟刚刚好，”我回答道，“如果有变更，我会电报通知你。还有件事儿，我希望今晚你一个人过来就好了，我们可是要谈正事儿的。”

吉布森小姐轻声地笑了笑，笑声清脆动听，犹如跳动的音符。

“好的，我会一个人过来的，”她同意道，“霍恩比夫人确实喜欢东拉西扯，跟她聊天很难停留在一个话题上。不过希望你能够谅解她的这点儿小毛病。她的爱心和慷慨远远盖过这一点点瑕疵了。”

“当然，我能理解你的意思，”我回答道，“同样，我也完全能够谅解。上了年纪的人都喜欢啰哩啰嗦的，思路也是有点儿模糊不清，她这点都算不上什么毛病。”

吉布森小姐这次露出了满意的笑容，示意对我的赞同。我们继续前行，但双方都沉默不语。不一会儿吉布森转过头来，非常认真地对我说道：

“杰维斯，我想问你一个问题。在回答这个问题之前我请你暂时忘掉自己的职责。我想问，你觉得桑戴克真的有解救鲁宾的希望吗？有没有任何进展呢？”

这确实是个尖锐的问题，我陷入了短暂的沉思。

“我确实也想在我职责允许的范围内尽可能地告诉你一些事儿，”我沉思了片刻回答道，“但能说的事儿都不值得一提。我可以告诉你的秘密是：桑戴克已经接下了这个案子，而且对这个案子有全身心的投入，费尽心思。最重要、也是我最能肯定的是，如果他认为这案子没希望的话，他也不会白费这么多功夫。”

“你这么说起来还真是令人振奋啊，”吉布森说道，“不过这个秘密我早知道了。我想问问你们去警局有什么结果没有啊？你可能觉得我这个问题有点儿过分，但我实在是太揪心这个案子了。”

“抱歉，这个我真没什么可说的，连我自己都不知道调查出了什么结果。但我能感觉到桑戴克对今早警局的调查很满意。他肯定发现了什么，至于是什么我就不知道了。从警局回到家后，他就突然想要查看指纹模了。”

“杰维斯，谢谢你告诉我这些，”吉布森感激地说道，“听完你的话我信心大增了。好了，我的问题就这些了。你确定你也走这条路吗？”

“哦，多走走没事，”我急忙回答说，“事实上我本来就想在搞定指纹模这事儿以后，能够和你私下聊一聊。与你同行是相当愉悦的事情啊。”

吉布森没好气地鞠了鞠躬，然后说道：“那也就是说，接下来该轮到我接受盘问啦？”

“哎呀，”我回应道，“你也没少盘问我啊。不过我可不是要盘问你。你看，在这个案子里，咱们彼此都不认识，那么彼此的评价肯定是最客观公正的。不过客观归客观，信息的共享才是最重要的。比如，我们的当事人。虽然他给我们第一眼的印象都不错，但第一次见面我们也可以怀疑他可能是一个罪行累累的恶棍。之后你来访告诉我们他确实是一位品行高尚之士，我们才坚信了我们的直觉。”

“我明白了，”吉布森小姐若有所思地说道，“那假设我或者其他人就鲁宾的性格有所评论的话，你们对他的看法是否会受影响呢？”

“如果出现这样的情况，”我回答道，“我们则会去查明其所说的是否属实，以及说话人背后的动机。”

“我想也是，就该调查清楚再说。”

吉布森看起来仍然还在沉思之中，我便借此机会问道：

“就你所知，有没有人说过鲁宾的什么坏话呢？”

吉布森沉思不语，眼睛不安地盯着地上，好像有什么难言之隐。过了一会儿，她用略带迟疑的口吻说道：

“其实就是一件小事儿，跟这案子毫不沾边的。但就是这件事让我和鲁宾有了隔阂。为此我一直很是苦恼，我们本来是无话不说的好朋友啊。我也常常自责，自责自己因为这么点事儿就改变了对鲁宾的看法，对鲁宾多不公平啊。我现在把这件事给你讲讲吧，听完你肯定会觉得我愚蠢至极。

“六个月前，我和鲁宾的关系一直非常近，不过只属于朋友关系。因为我们算是亲戚，所以也就不会有什么男女之情的。鲁宾非常热爱古代和中世纪艺术，对此我同样很感兴趣，所以我们常常一起去参观博物馆和画展，彼此讨论，乐此不疲。

“六个月前的某一天，瓦尔特把我拉到了一边，表情严肃地问我和鲁宾之间到底是个什么关系。当时我认为他简直傲慢无礼，不过我还是告诉了他，我和鲁宾只是朋友的关系，没别的什么。

“‘如果真是这样，’瓦尔特郑重其事地跟我说道，‘那我就建议你不要与他经常来往。’

“‘为什么呢？’我问道。

“‘为什么？原因就是，’瓦尔特回答说，‘鲁宾是个自以为是的混蛋。他在酒吧里跟别人闲聊的时候说，现在有一位白富美对他大献殷勤、穷追不舍，但是他说自己是脱俗高雅之士，不受凡尘俗事的诱惑，阿谀奉承和黄金白银都吸引不了他。我只是把这事儿转告给你，怎么做你自己看着办吧。’然后他继续说道：‘这件事儿也没必要再追究下去了。我劝你也别生鲁宾的气。

青年才俊都喜欢夸夸其谈，显摆显摆。别人再把鲁宾的话一传，肯定又会添油加醋，更是夸张。所以我觉得把这事提前告诉你为好。’

“听完瓦尔特的话，我当时简直怒不可遏，想要立刻找鲁宾去理论。但是瓦尔特阻止了我。‘你去大闹一场也没有意义的。’瓦尔特说。而且，瓦尔特告诉这我事儿一定不能传出去。所以我就倍感迷茫。我想把这事儿忘了，想跟往常一样地与鲁宾来往，但后来发现自己做不到。因为我作为女性的自尊心已经严重受损。同时，我又觉得至少应该给鲁宾一个解释的机会。虽然这事儿听起来不像鲁宾的风格，但也不是不可能。因为鲁宾也曾公开表示自己最鄙视吃软饭的男人。所以，直到现在我都还处在这两难的境地之中。你觉得我该怎么做呢？”

我尴尬地摸了摸下巴。毋庸置疑，我最瞧不起像瓦尔特这种搬弄是非的小人，但我又不忍心责怪眼前这位美女竟然听信其表兄的只言片语。显然，因为我在负责鲁宾的案子，所以也不好随便对此发表评论。

“情况可能是这样，”我思考片刻后说道，“要么是鲁宾真的是出言不逊，要么是瓦尔特撒了谎。”

“我也同意，”吉布森小姐说，“那你觉得哪种情况更有可能呢？”

“这个很难说，”我回答道，“有些人有了一丝成就就喜欢大肆吹嘘，到处显摆。谁是这种人一眼就看得出来。但我觉得鲁宾肯定不是这种人。另外，如果瓦尔特真的听到鲁宾这样说你的话，他的正确做法应该是当面与鲁宾解决这件事，而不是鬼鬼祟祟地给你打小报告。吉布森，这只是我的感受，并不一定都对。我想他俩应该也算不上是形影不离的好朋友吧？”

“哦，不，他们也是很要好的朋友，但是他们的人生观和兴趣爱好截然不同。工作上鲁宾表现出色，但是生活中他就像一个学生，或更像一个学者。而瓦尔特是个非常务实的人，精明干练，深谋远虑，什么事儿在他心里都盘算得很清楚。就像霍恩比夫人说的，他简直聪明绝顶。”

“比如，他有出色的照相能力？”我引导性地问道。

“是啊。他的拍照能力可不只是简单的业余水平，他已经达到高级的专业水准了。比如，他曾拍过一组矿石断层的显微照片，相片拍得相当精美，之后还专门用珂罗版印刷出来。他甚至会自己洗照片。”

“看来他确实是相当的有才。”

“是的，相当的有才，”吉布森小姐赞同道，“他也热衷于追求名利，不过我是觉得他追求得有些太过了。爱好功名利禄对于年轻人来讲可算不上什么优点，是吧？”

我同意地点了点头。

“‘过分地热爱金钱容易使年轻人误入歧途，’”吉布森小姐一本正经地说道，“借用一句格言，你可别笑我。我觉得这句格言说得很有道理。有时候我感觉瓦尔特对于财富的追求让他有点儿鬼迷心窍，想走一夜暴富的‘捷径’。他有一个叫霍顿的朋友，是伦敦股票交易所的交易商。霍顿在股市‘操盘’的资金量已经很大了，‘操盘’应该是他们的行话。不过我觉得他们的这种行为跟赌博无异。我怀疑瓦尔特多次跟霍顿去投资股票。而用霍顿的话说，就是‘小玩儿’了几把。”

“我觉得这可不是什么长远之计啊。”我评价道，以一贫如洗者的公允的智慧，并未受诱惑。

“是啊，”吉布森同意道，“而且赌徒总认为自己会赢。不过，你也不要因为我的话把瓦尔特看作一个赌徒。好了，我的目的地到了。感谢你把我送这么远，希望你在我们霍恩比家族面前别再把自己当外人啦。那我们今晚八点准时见！”

她微笑着与我握手告别，然后走上石阶，向大门走去。当我走到路口，回头望去的时候，吉布森也向我这边望来，友好地点了点头，然后转身走进了旁边的大门。

第5章　指纹模

“你今天下午跟她们聊了这么久，应该收集了不少线索吧。”桑戴克笑说道，之后我便简单地讲了讲下午的事儿。

“是的，这些就是我收集到的信息。”说完我把有更为详细记录的笔记本递给了桑戴克。本子里记录了我跟吉布森谈话的详细内容。

“这些记录是不是你一回来就立刻做了？”桑戴克问道，“趁你还记忆犹新之时？”

“跟吉布森小姐分开不到五分钟，我就去了旁边的肯辛顿花园，马上坐在椅子上做了记录。”

“那就好！”桑戴克说道，“我们来看看你都收集了些啥信息。”

桑戴克快速地看了一遍两个本子上的内容，其间又前后地翻了翻，比对了一下。看完之后，他站了起来，沉默不语，出神入定。片刻之后，桑戴克露出了满意的笑容，点了点头将本子放回到了桌子上，然后说道：

“收集的信息可以归纳如下：鲁宾是一个工作勤奋的人，平时喜欢研究一些古代和中世纪艺术；他可能是个喜欢夸夸其谈的小痞子，不过也有可能是被他人诽谤的。瓦尔特显然是个鬼鬼祟祟的家伙，还似乎是个骗子。他热衷于追求名利，还爱在充满风险的股市里折腾；他还算得上是一个专业摄影师，而且精通珂罗版的制作。杰维斯，你今天的工作完成得棒极了！你能察觉到这些信息背后的联系吗？”

“我察觉了到其中的一些联系，”我回答道，“不过我至少有自己的看法了。”

“兄弟，请你把自己的看法留在心中就行了。你一说你的想法，我就会有压力，想要说我的想法。”

“你要真说出你自己的看法，我倒是会觉得奇怪了，”我回答道，“你不说我也不会怪你的。我完全理解，你的意见和推测都属于客户的财产，不能私下拿来与朋友闲聊。”

桑戴克嬉笑着拍了拍我的背，看得出来他难得这么开心。然后他满脸诚意地对我说道：“听到你这么说，我真是太感激了。你参与了这个案子，但关于案情进展我又一直对你缄口不言，所以感到很过意不去。然而你却深明大义、通情达理，我简直太感动了。为此，我一定要给你开瓶酒，感谢有你这位忠心耿耿、聪明能干的朋友！感谢上帝，我简直太幸运了！哈哈，博尔特来了！看，博尔特就像位甘心奉献的牧师，为我们带来了美味可口的烤肉。晚餐我猜是牛排吧？”桑戴克一边说着，一边嗅了嗅，然后接着说道：

“万能的沙玛什[1]也要吃饭啊，换句话说，我们这位饥肠辘辘的医生也要吃饭啊。博尔特，你能告诉我为什么你做的牛排总比别人家的好吃？是不是你的牛肉有什么不同之处？”

个子矮小的博尔特笑得眯着眼睛，合不拢嘴，脸上干枯的皮肤形成了一道道的皱纹，像是一张纵横交错的路线图。

“可能是因为我与众不同的烹饪方法吧，”博尔特回答说，“首先我会把牛排放到石臼里捣一捣，稍微破坏一下肉内的纤维；然后把炼金熔炉加热至六百摄氏度，并将牛排架在一个三脚架上放进熔炉。”

桑戴克立刻放声大笑道：

“哈！原来是用炼金熔炉烤的！没想到这么个实验工具被你拿来做烹饪用了。博尔特，你现在去开瓶波尔马特红酒。另外，再准备好八张底片放在暗匣里，今晚有两位女士会带一份资料过来。”

“你要带她们上楼吗”博尔特警觉地问道。

“我应该得带她们上楼。”桑戴克说。

“那我先得把实验室收拾一下了。”博尔特回答说。显然，博尔特很清楚男性和女性对于工作环境有截然不同的审美要求。

“对了，刚才你说吉布森小姐很想知道我们对这个案子的看法，是吧？”晚饭后，酒足饭饱的桑戴克问道。

“是啊。”我回答道，然后将我与吉布森下午的对话尽可能地

① 沙玛什是古埃及神话中的太阳之神和司法之神。——译注

复述了一遍。

“你跟吉布森说得很谨慎，也很圆滑嘛，”桑戴克赞道，“你这样很有必要，做得很对。我们绝不能轻易走漏风声，不能让警方知道我们的底牌，其他人更不用说了。只要我们不揭自己的底牌，又知道对方的底牌，那我们就可以见招拆招，合理出牌了。”

“你说得警方就像阶级敌人一样。今早去警局的时候我就发现了这点。让我吃惊的是，他们也坦然接受了这样的设定。但他们的职责是找出真凶，可不是随便找个人来定罪啊。”

“他们的职责应该是去找出真凶，”桑戴克回答道，“但在实际上他们在履行职责之时不是那么回事儿。警方一旦逮到了一个嫌犯，给这嫌犯定罪便是他们的首要目标了。这个人是否真的无辜，警方根本不关心。如果他真是无辜的，也只有靠他自己的努力才能证明自己的清白。警方的制度是很糟糕的，因为他们是以定罪数量的多少来评定工作成绩的，所以警方就会想办法尽可能地多定些罪。而且诉讼方面也是如此，律师也不会认真地分析案情或是探究真相，他们只会想方设法地去应付完成一个案子，根本不在乎案情的真相。这样律师和物证分析师们便矛盾重重，双方都无法理解彼此的观点。好了，我们可不能这么坐着闲聊下去了，现在都已经七点半了。让博尔特收拾收拾，等会儿客人就来了。”

“我发现你并不怎么使用你的办公室啊。”我说道。

“是啊，几乎不用的，顶多是在那儿存放一些文件和文具。在办公室里聊天太沉闷了，而且跟我打交道的基本都是相互认识的律师或顾问，所以不需要这些拘泥的形式。博尔特，你过五分钟就下来准备吧。”

随着八点钟的钟声敲响，我便听桑戴克的指示，推开了厚重的橡木大门。正当我开门之时，门外的台阶上传来了一阵脚步声。来者正是我们等待的两位访客，我带着她们进入了屋中。

“桑戴克，能认识你真是太开心了，”我作完介绍之后霍恩比夫人高兴地说道，“吉布森跟我说了好多你的事情了。”

吉布森察觉到了我略带滑稽的警惕眼神之后，抗议道：“伯母啊，你这么说可不准确啊，桑戴克会理解错的。我只跟你说过那天我贸然来访过，受到这两位先生的热心招待和重视。”

“亲爱的，你当时好像不是这么说的啊，”霍恩比夫人说道，“我也不记得，随你怎么说吧。”

“我不知道该怎么说，总之非常感谢吉布森小姐给我们提供的帮助，”桑戴克一边说道，一边瞥了一眼带着羞怯笑容的吉布森，“我们非常感激二位不辞劳苦特地过来帮助我们。”

“一点儿也不劳苦，我们非常乐意过来。”

霍恩比夫人的话匣子一下就又打开了，喋喋不休地说了起来。在她说话之时，桑戴克拿了两把椅子过来，然后自己靠在壁炉台旁，目不转睛地盯着挂在霍恩比夫人手腕上的手提包。

“指纹模是不是装在你的手提包里的？”看到一旁桑戴克沉默的样子，吉布森赶紧打断了霍恩比夫人的唠叨。

“当然，当然啦，”霍恩比夫人回答道，“你看着我放进去的啊，傻丫头。不放在手袋里还能放哪儿呢？虽然这种手袋算不上安全，但我敢保证这比皮夹要安全，虽然现在皮夹好像又流行了起来。但是小偷扒手真的很容易对皮夹下手。知道为什么吗？我认识一位女士，好像是莫格里奇夫人。吉布森，你也认识她的。哦，不对，莫格里奇夫人是另外一件事儿。哎呀，是什么夫人来着？天啊，你瞧我这记性。她叫什么来着？你能帮我想想不，吉布森？你肯定记得的，她经常去霍利·约翰逊他们家，可能就是他们家的一员，好像是……"

"咱们还是赶紧把指纹模拿出来给桑戴克看一看吧！"吉布森打断道。

"哦，当然啦，这可是我们此行的主要目的。"霍恩比夫人略带受伤地说道，说完她便打开小手袋，非常仔细小心地把手袋内的东西一件一件地放到了桌子上。她拿出了一条花边手帕、一个小钱包、一个名片盒、一张访客清单，又拿出了一盒粉纸。突然霍恩比夫人停了下来，好像有了什么重大发现，盯着吉布森激动地说道：

"我想起来那个女人的名字了！她是高芝夫人，那个谁的小姨子。"

这时，吉布森不耐烦地翻开了手袋，掏出了一个信纸包着的小包裹，上面还用丝线捆着。

霍恩比夫人刚伸手要拿，桑戴克便从吉布森手中接过了这个包裹，并答谢道：

"非常感谢。"

桑戴克接过后立刻剪掉丝线，拨开外面的信纸，取出了里面的小本子。这是个包着红皮的本子，正面红皮上印着“指纹模”三个字。桑戴克拿起本子仔细地察看了起来，霍恩比夫人也立即起身站到了桑戴克身旁。

“这枚指印，”霍恩比夫人一边翻开本子的第一页，一边说道，“是科利小姐的拇指印，她可不是我们家的亲戚。你看这指印旁有点儿模糊，科利说当时按指纹时鲁宾正好撞到了她的胳膊，我觉得鲁宾绝不会故意去撞她胳膊，而且鲁宾也跟我说他没有这么做，而且……”

桑戴克认真地翻阅着本子，而霍恩比夫人一直在旁边东一句西一句地解说着，不过这也没有影响桑戴克的全神贯注的查阅。突然，桑戴克兴奋地喊道：

“哈哈，这就是我们要找的那枚指印！虽然印的方式很原始简单，但是印得相当清楚啊。”

桑戴克从壁炉旁边取了个放大镜下来，然后即刻仔细认真地查看起了那枚指印。他急切的神态意味着他在寻找着什么。查看了一会儿之后，我察觉到桑戴克似乎已经找到了他想要寻找的东西。虽然他表现得非常平静，一声不吭，从他的眼中我还是看到了一丝被刻意抑制的兴奋之情，以及他冷酷表情之下所无法掩饰的胜利的喜悦。

“霍恩比夫人，希望你能够把这个小本子留给我们，”桑戴克打断了这位妇人一直不着边际的谈话，“因为我可能会用这个本子作为证据。为了谨慎起见，请你和吉布森小姐在有鲁宾指印的这页上签个名，以免以后有人怀疑这本子被动过手脚。”

“要有人这么怀疑的话，那就太无耻了。”当霍恩比夫人又要滔滔不绝之时，桑戴克赶紧将笔递给她，霍恩比夫人这才停了下来，俯身签下了自己的名字，然后把笔递给了吉布森。吉布森在霍恩比夫人名字下方签了字。

“现在，”桑戴克说道，“我们要做的就是把这枚指印放大，拍成照片。虽然这事儿并不着急，因为你们已经把这小本子留给我们了，但是照片迟早要照的。而且我的助手已经把拍照设备都准备好了。我们现在就开始，好吧?”

对此两位女士欣然同意。实际上，看样子她们很是好奇神秘的二楼。接着我们便一起走上了二楼，这里本来是属于博尔特一个人的地方。

我也是第一次进入神秘的二楼，跟身边的两位女士一样，对这里充满了好奇。我们进入的第一个房间看起来显然是一个工作室。里面有一张小型木工工作台、一张用于金属加工的工作台、一具车床，以及其他一些说不上名字的机械工具。这个房间非常整洁干净，一点儿也不像是个工作室。看到干净的工作台，扫得光亮的地板，神色严肃的桑戴克总算舒了口气，脸上露出了一丝笑容。

穿过这个房间是一个巨大的实验室。实验室分为两部分。其中一侧用于化学实验，这一侧的墙上有一个巨大的架子，架子里布满了各种试剂，实验台上也摆满了烧瓶、蒸馏罐以及其他仪器。对面另一侧则放着一个巨型的相机，相机的前端是一个固定的镜头，正对镜头的是一个画架，或说是用来放置原件的架子。

桑戴克在向我们解说这些器材时，博尔特便把指纹模固定在了正对镜头的架子上。

“你们看，”桑戴克说道，“我经常要检查一些支票、签名，有争议的文件或是其他类似的东西。我的一双火眼金睛，再加上一个放大镜，支票或是钞票上的任何蛛丝马迹都逃不出我的法眼。但问题是我这双眼睛总不可能借给法官或是陪审团吧。所以只能给他们看放大的照片，他们也可以拿照片跟原件做对比，这样一来就方便多了。小的东西被放大之后，一些意想不到的特征就会暴露出来。比如说，你一定见过许多邮票，但你是否能察觉到一便士的邮票上方的边角有一些小白点呢？还比如，你是否能观察到花冠两侧叶子的不同之处呢？”

吉布森小姐摇了摇头，承认自己确实没有留意过。

“我想除了爱集邮的人，基本上没人会注意到这些，”桑戴克继续说道，“但是如果你看到的是一张放大的照片，那些容易被忽略的细节就会显而易见，不用刻意去找，你都能够一眼发现。”桑戴克一边说着，一边从抽屉里抽出了一张八英寸的放大照拿了出来。这是一张一便士邮票的放大照。

当这两位女士吃惊地看着这张放大照的时候，博尔特也在继续他的工作。他将指纹模定到架子上，打开白炽灯，光线照到一个抛物面的镜子上，聚集成了一道强光。这道强光最后聚焦在了指纹模上。然后博尔特将照相机调整到了合适的距离。

“这些数字都表示什么意思啊？”吉布森小姐指着指标尺上的刻度好奇地问道。

“数字表示的是放大或是缩小的倍数，”桑戴克解释道，“当指针在0刻度的时候，表示相片与实物大小相同；比如，当指针在‘X4’的地方时，那就表示实物的大小被放大了四倍。现在你看，我们的指针在‘X8’的地方，所以我们的照片将会把原指印放大八倍。”

这时博尔特已经将相机调整好了焦距，我们都有幸从聚焦的屏幕上看到了一个巨大的指印。因为照片曝光的需要，我们退到了另一间专门做微生物实验的小屋里。过了一小会儿，博尔特小心翼翼地拿着一张还没干的底片走了出来，透明的底片上印着一个巨大而又清晰的指印，这么看起来竟然有点儿吓人。

桑戴克马上接过底片，急切地查看起来。看完底片桑戴克满意地点了点头，并告诉霍恩比夫人她这次前来的目的已经达到了，十分感谢其不辞辛劳的帮助。

“能过来帮上忙我们真的非常高兴。”吉布森小姐笑着对我说。我和吉布森慢步走在霍恩比夫人和桑戴克的后面，此时我们已经快到米契法院了。吉布森继续说道：“今天能够看到那些奇异的设备我也非常开心，这让我觉得案子真的有些进展了，而且桑戴克现在手上至少还有个东西可以调查，真是让人信心大增啊。”

“信心大增是理所当然啊，我也是为之振奋，”我回答道，“虽然我也不知道桑戴克的葫芦里到底卖的是什么药，但是我知道如果没有明确的目标和充分的理由，桑戴克是不会在这上面花费他宝贵的时间和精力的。”

“你这么说真是让人宽心，”吉布森开心地说道，“你要是得知了什么好消息会通知我的，是吗？”她用一种热切期盼的眼神看着我，令人十分爱怜，这一刻我竟然有点儿不知所措，有些话好像卡在了嗓子眼儿，欲说还休。

不过幸好我自己知道的东西不多，现在也就没什么可以泄露的了。当我们走到佛里特街时，霍恩比夫人早已坐进了马车。而后我便扶着吉布森，送她上了马车。上马车的时候我托着她的手，向她保证我会尽早与她再次会面，我心里也暗暗发誓自己一定会履行这个诺言。

“你跟这位美女好像有什么不可告人的秘密一样，”我们往回走的时候桑戴克酸溜溜地说道，“杰维斯，你可真会演好人。”

“吉布森很坦诚，而且很容易相处。”我回答道。

“没错，她是个好女孩儿，不但聪明，还大方漂亮。但是我还是得稍稍提醒一下你，注意一下自己的身份，长点儿心眼。”

“我可不是乘人之危的人。”我有些生气地说道。

“当然，我也觉得你不是这样的人。不过你也要擦亮自己的双眼。对了，你能否确定吉布森跟鲁宾之间到底是何种关系？”

“我也不敢确定。”我回答道。

“那这事儿可值得我们好好地调查清楚。”桑戴克说完又陷入了沉思。

第6章　延后审理

桑戴克暗示我和吉布森愈发亲密的危险关系后，我感到大为吃惊，同时又感到愤怒，认为桑戴克无非就是看我和吉布森在一起不顺眼。不过他的话倒是让我静下来想了想，是不是敏锐的桑戴克察觉到吉布森和我之间的态度和感情发生了一些微妙的变化，而我自己都没有发现呢？

这简直是无稽之谈，目前为止，我跟她只见过三次面，而且都是例行公事，何来儿女之情？我跟她最多只能算是认识，真正的了解都谈不上。不过我又冷静客观地想了想，自我审视了一番，发现自己的确被她所吸引。这与她在案件中所扮演的角色无关。她美丽动人，气质高雅，个性独特，从现在也能看得出，即使她年老之后，仍然会风姿绰约，这正是我最中意的类型。她所散发的人格魅力毫不逊色于她的美貌：聪颖开朗，自主独立，同时不失女性独有的温柔。

我马上认识到，如果没有鲁宾的话，吉布森必然是我想要追求的对象。

然而现实是，鲁宾是我不得不面对的人。面对他现在不幸的处境，但凡是正人君子，都不会横刀夺爱。确实，吉布森也曾说自己跟鲁宾之间只是纯友谊，没有其他特殊的感情。然而通常来说，小姑娘未必能够客观地正视自己内心真正的想法。作为阅历丰富的男人，我敢肯定的是吉布森和鲁宾之间绝不是单纯的友谊，桑戴克想必也有同感。经过一番梳理之后，我得出的结论是：第一，我之前实在是太自我，太愚昧了；第二，吉布森和我之间是一种特殊的业务关系，今后也应当仅仅保持这样的关系；第三，现在作为鲁宾的委托人，我应该把维护他的利益作为首要任务。

“但愿，”桑戴克一边说着，一边接过我的茶杯，“你刚才想的东西跟霍恩比家族里这几个人交错复杂的情感关系有关。也希望你现在已经想明白了，心里有了答案。”

“你这话是什么意思呢?”我有点儿生气地质问道。

看着桑戴克眼睛里闪着光，我的脸就不自觉地红了起来。他那诡异的微笑让人坐立不安，一想到刚才自己的心事被他察觉到，更觉得窘迫。我感觉自己就像一条毛毛虫，被人放在显微镜下上看下看，而自己还浑然不知。

“嘿，伙计，”桑戴克笑着说，“刚才二十多分钟，你一句话都没说，吃饭的时候也毫无表情，吞食的动作就像个机器人一样。在这期间你还一直盯着咖啡壶，好像它跟你有不共戴天之仇一样。当然，咖啡壶也不甘示弱，它表面反射出的镜像也对着你虎视眈眈。”

听完桑戴克的调侃，我被逗得哈哈大笑。这会儿我才回过神来，我又看了眼那个银质的咖啡壶，发现我的脸照在银质的表面，扭曲得夸张变了形。

“不好意思，今早我就是个闷嘴葫芦，无趣得很。”我抱歉地说道。

“绝对不会，”桑戴克咧嘴笑着说，“恰好相反，我觉得你下午一直沉默不语虽然可笑，却给了我一些启示。我要把你彻底窥探一番，才能最后开口啊。”

“你可真是把自己的快乐建立在我的痛苦之上啊！”我说道。

“你这也算不上什么痛苦，”他反驳道，“我只不过观察了一下你内心活动所呈现的外部反应。哦，安斯提到了！”

传来的敲门声与众不同，显然是用拐杖在敲门。桑戴克赶紧起身开门，大门打开之后还没见到安斯提就先听到了一阵说话声。说话声抑扬顿挫，清晰悦耳，听声音就知道他是个专业的演说家。

“你好啊，博学多才的兄弟！”来者高声说道，“我有没有打扰到你的研究啊？”他说着就走了进来，用一种挑剔的眼神扫视着屋内的四周。

“你还是这么热爱科学，”安斯提看完后说道，“看起来你还在研究生物化学及其实际应用吧。你是不是在用生物化学的方法研究培根与煎蛋的构成啊。这也是一位博学之士吗？”

他的双眼透过两块镜片紧紧地凝视着我，在他的注视下我感觉浑身不自在。

“这是我的朋友杰维斯，我之前跟你提起过，”桑戴克介绍道，“他跟我一起办这件案子。”

“久闻大名，”安斯提与我握手致意，“幸会幸会。你跟你叔叔真有几分神似。我曾在格林威治医院看过他的肖像，我本应该能认出你的。”

“安斯提就爱神叨叨的，”桑戴克连忙圆场道，“偶尔也有精神正常的时候。咱们有点儿耐心吧，过会儿他就正常了。”

“哼，耐心！”古怪的安斯提轻蔑地哼道，“把我拽到法庭或是其他鬼地方，让我给那些小混混辩护的时候，那才需要真正的耐心！干那活儿简直有辱我的身份。”

“这么说，你已经和劳里聊过了？”桑戴克问道。

“当然，他跟我说我们根本没有站得住脚的东西。”

“聪明人都知道，关键是脑子要可靠，可不是脚上站稳了就行。不过劳里对这个案子简直就是一无所知。”

“他自己觉得他对这案子已经了如指掌了。”安斯提说道。

“傻瓜通常都觉得自己无所不知，”桑戴克讽刺道，“他们只靠直觉判断，简单省事儿，愚昧至极。咱们把辩护日期延后，你不会反对吧？”

“我不反对。但是现在如果拿不出可靠的不在场证明的话，恐怕法官肯定会把被告送进监狱的。”

“我们是可以提出不在场的证明，不过也不是靠这个啊。”

“那我们最好还是把辩护日期延后，”安斯提说道，“现在我们该出门‘朝圣’了，我跟劳里约的是上午十点半。杰维斯也跟我们一起吗？”

“当然。杰维斯，你最好也一起去吧，”桑戴克说道，“这是鲁宾的听审会，被延后到今天才开庭。我们只用到场，什么都不用干。或许能够从听审会上发现什么线索也说不定。”

“不管有没有线索，我都很愿意去听一听。”我表示道。于是，我们便一起前往林肯旅店。旅店位于劳里办公室的北侧。

“你们好啊！”我们刚进门劳里便热情地打起了招呼，“你们能来我真是太高兴了。我刚才还在担心你怎么还不来呢，这种情况你们平时都可准时了。对了，你们认识瓦尔特·霍恩比吗？我猜你们应该都不认识吧。”劳里将鲁宾的堂弟瓦尔特介绍给了我和桑戴克，我们饶有趣味地彼此打量了一番。

“我从婶婶那儿听说过你们，”瓦尔特的话似乎是专门说给我听的，“她似乎觉得你们无所不能，是法律界的神人。当然我也希望你们能为鲁宾创造奇迹。唉，可怜的鲁宾啊！他气色看起来糟糕极了，是吧？”

我看了鲁宾一眼，他正在和桑戴克说着话。鲁宾转过头来看到我后，便伸出手来与我握手致意。他态度亲切，面容憔悴，令人可怜。跟上一次见面时比起来，他好像突然间老了好几岁，瘦了好几斤，也苍白了许多，但神情依然沉着镇定。在我看来，鲁宾认识到自己的现状后，心态调整得还算不错。

“先生，您的二轮马车已经到了。”服务生进来通报道。

“二轮马车？”劳里有点儿犹豫地看着我，“我们需要一个四轮的大马车。”

“没事，杰维斯和我可以步行过去，”瓦尔特建议道，“我们应该能够准时到达，就算晚到一些也没什么关系。”

“行，”劳里说道，“那你们俩步行过去。我们现在就出发吧。”

我们走出大门，路边的马车已经准备好了。当其他人正往马车里进的时候，桑戴克突然靠近我，用眼角的余光扫视着四周，然后低声跟我说道：“小心点儿，别让他套出你的话。”说完他便一跃而起，进车厢关上了车门。

“这案子真是异常诡异啊，”我们安静地走了一段路后，瓦尔特突然开口说道，“我不得不说我完全搞不懂这案子是怎么回事儿。”

“为什么这么说呢？”我问道。

“为什么？你想想，显然只有两种情况可以解释这个案子，而这两种情况又完全说不通。一方面，就我对鲁宾的了解，他是个堂堂正正的正人君子，也不缺钱，而且他对追逐金钱根本不屑一顾。那么，对于鲁宾来说，偷窃钻石完全没有合理的动机。另一方面，却有这么一枚指纹，专家认为这指纹就是鲁宾行窃的铁证，这枚指纹就好比现场目击证人一样。这两方面的矛盾真是让人困惑不已。你觉得呢？”

“正像你说的那样，我也觉得这案子让人摸不着头脑。”我答道。

“你觉得这案子还有别的可能的情况吗？”他问道，虽然试着隐藏，但其急切的情绪已经可见一斑。

“倘若鲁宾的为人确实如你所认为的那样，那这件事儿可真是说不通了。”

“正是如此。”他回答道。很显然我这不冷不热的回答让他失望不已。

我俩安静地走过一段路之后，瓦尔特又开口道：“恕我多嘴，但我还是想问一下，你们有没有找到辩护这案子的其他出路呢？看到鲁宾的处境，我们对于案子最后的判决都很焦急。”

“这样的情况下有焦急的情绪也是人之常情。但实际上我跟你知道的也差不多。桑戴克这家伙守口如瓶，想把他的嘴巴撬开，简直比登天还难。”

“是，我听吉布森也这么说。但是我猜，你总该从实验室里发现了些蛛丝马迹吧。你们又是显微镜检查，又是拍放大照片的。”

“我之前也从来没去过桑戴克的实验室，直到昨晚我才有幸和你婶母还有吉布森上楼参观。实验室的工作都是由桑戴克的助理操手完成的。我敢说，他的助理对于本案的了解程度就和排字工人对自己的排版内容了解的程度一样多。桑戴克喜欢单干，直到最后亮牌之前，没人知道他手上拿的是什么牌。”

瓦尔特默默地消化着我刚才的这番话，而我则为自己灵巧地躲避了他的问题而感到庆幸。不过片刻之后我又有些自责，刚才的表演似乎有些过头了。

“叔叔现在的情况，”瓦尔特沉默片刻之后又说道，“也是悲惨至极。本来手上就有件麻烦事儿，现在更是雪上加霜。”

“除了这案子，他还有别的麻烦事儿？”我问道。

“啊？你没听说吗？我还以为你知道呢。我有点儿多嘴了，不过这都是公开的东西，也算不上什么秘密。实际上眼前他的财务状况也出了问题。”

“原来是这样！”我惊叹道，感觉案件又有了新的进展。

“是啊，现在的财务状况急转直下，不过我相信他一定能够渡过难关的。其实现在的状况也很正常。投资嘛，或者说是投机，总是有输有赢。他之前在矿上投了一大笔钱，我还以为他知道什么‘内幕’，后来才晓得他也瞎投钱，矿石价格一路下跌。他的资金已经被严重套牢，如果矿石价格继续下跌他将血本无归。然后这边又发生了钻石盗窃案，这无疑是火上浇油。虽然从道德上来讲他不用担负任何责任，但是从法律上来讲有没有责任就难说了。尽管他的律师说是没责任的。他明天还得出席公司的债权人大会。”

“你觉得公司的诸位债权人会怎么做？”

“现在他们通常来说会暂时放过他；不过如果他要为钻石盗窃案担负法律责任的话，恐怕他可就有罪受了。”

“那些钻石是不是特别值钱啊？”

“那袋被偷的钻石价值两万五到三万英镑呢。”

我吃惊地深吸了一口气。案情比我想象的要严重得多，也不知道桑戴克有没有意识到这起偷窃案的严重性。不知不觉，我们已经走到了法庭。

“我猜咱们的伙伴们都已经进去了，”瓦尔特说道，“毕竟马车还是比走路快。”

我询问了一位巡警后，得知他们果然已经先进去了。随后巡警带着我们来到法庭的入口处。路上站满了前来旁听的民众，穿过拥挤的人群，经过走道，我才来到了律师席，刚刚入座，法官就宣布正式开庭了。

法庭上沉闷的诉讼程序让人异常压抑，即使是清白之人在如此压抑的环境之下也会感到恐怖和绝望。置身于法庭之中，被告就犹如被捆绑在一台无情的机器之上，无助而绝望。

大厅之上，法官面无表情，正襟危坐，手上握着一支钢笔。被告席上站着之前获得保释的鲁宾。控告书被宣读之后，控方律师也简单地介绍了一下本案案情。律师介绍时的口吻也非常的生硬乏味，就如同中介在介绍房子一样。之后便进入了“无罪”辩护的环节。此环节只有两位证人出庭。第一位出庭的证人则是约翰·霍恩比。我好奇地望向了证人席。

这是我第一次见霍恩比先生，他看起来体形高大、气色不错，保养有方，是个已过中年的男人。站在证人席上，他努力地克制着自己，想要表现得平静，但还是露出了不安的情绪，整个人的身体都在焦虑地抖动。他焦虑的表现和被告沉稳的神态形成了强烈的对比。虽然情绪紧张，但他还是条理清晰地陈述了发现钻石被窃的经过。陈述中所用的陈词基本都跟劳里说的同出一辙，不过霍恩比先生在客观陈述之余更强调了被告优秀的品格。

接下来出场的是辛格顿，他是伦敦警局指纹鉴定科的负责人。我着重仔细地聆听了他的证词。他拿出了那张取自现场的带有血指印的纸张，以及一张印有被告左拇指的指纹的纸张，然后说到这两枚指纹从各方面的细节来看都是完全吻合的。

“那么你就因此断定，保险柜里的那张纸上的指纹就是被告的左拇指所留下来？”法官平淡地问道，不带有一丝感情。

“是的，我确定。”

“你认为有没有误判的可能性？”

“没有可能，法官大人。确定无误。”

法官转过身，用询问的目光看着安斯提。安斯提随即起身说道：

“法官大人，我们申请延期辩护。”

随后，法官用一贯平静的态度宣布这起案件将在伦敦中央刑事法庭延后审理，被告在押期间不得保释。鲁宾被带离被告席，法庭又开始准备另一个案子的审理。

法庭特别恩准，允许鲁宾乘坐马车前往监狱，不必挤在肮脏的囚车里。在上车之前，鲁宾的亲友也得到允许能够与其告别。

“鲁宾，这段日子会很难熬，”等到只剩我们三个人的时候，一向冷峻的桑戴克关切地对鲁宾说道，“但不要泄气，我相信你是无辜的，我也很有把握能向全世界证明你的清白。这话我只能私底下对你说，你千万不要跟别人讲。”

鲁宾紧握着桑戴克的手，双眼含泪，哽咽得说不出话来，极力地克制着自己的情绪。桑戴克也意识到了这一点，便匆匆与鲁宾告别，将鲁宾的手递给了我，转身离去。

“要是能帮鲁宾减轻点儿这无谓的痛苦就好了，尤其是这种牢狱之辱。”当我们走在回去的路上，桑戴克懊悔地感叹道。

"仅仅是被指控也谈不上受辱啊，"我回答道，语气有点儿不坚定，"这样的遭遇每个人都有可能遇到。但目前为止，从法律上来讲他仍然是无罪的。"

"杰维斯，咱俩都很清楚，你这么说不过只是自欺欺人而已，"桑戴克说道，"虽然从法律上来说，没有定罪的人都应视为无罪的，但是在法理之下，鲁宾的待遇又是如何呢？你也听到法官是如何称呼我们的朋友的，而下了庭，可能就喊他霍恩比先生了。你也知道鲁宾去霍罗威监狱之后的待遇。他得听令于监狱看守，还得穿上带有号码的囚服，牢笼里暗无天日，门上只有一个小小的洞口，而且任何人经过时都可以从门洞向里面窥视。每天的饭菜都是装在锡盘上递进去，而且他还得定期跟其他的流氓恶棍一起去监狱操场放风。就算他之后被判无罪，之前他在监狱里所遭受的伤害和耻辱，以及拘留所带来的损失，都不会得到任何的补偿，他也不会得到任何一方的道歉。"

"但我还是觉得这样的蒙冤被拘的情况有时候也在所难免。"我表示道。

"不管难免还是能免，"桑戴克反驳道，"我想说的是，法律上无罪推定的原则现实里根本就不存在。从被告被逮捕的那一刻起，他的待遇就与罪犯一样了。"说完，桑戴克抬手招呼了一辆马车。"好了，这一话题我们讨论到此为止吧，再磨蹭的话，我去医院就要迟到了。你接下来准备干什么呢？"

"我先填饱肚子，吃完午饭再去吉布森那儿，跟她讲讲今天的情况。"

“很好。但讲的时候要注意措辞，不然吉布森恐怕会过分担忧。刚才在庭上，我差点儿就按捺不住把底牌给抖出来了，要是抖出来就糟糕了。而且就算刚才抖出底牌鲁宾还是得移交审理，所以等到时候我们再亮出底牌。”

说完桑戴克便一跃而起上了马车，很快马车便消失在拥挤的车流当中。我折返至法院，想要询问一下去霍罗威监狱探监的相关规定。在法院门口，我碰巧撞见了上次在警局认识的巡警，他热心地向我讲解了相关的规定。完事后，我饥肠辘辘，想到苏豪区有家温馨典雅的法国餐厅，我便转身前往。

第7章　思绪激荡

当我到达恩兹利花园时，吉布森正好在家。让我感到庆幸的是，霍恩比夫人恰好不在。霍恩比夫人的人品当然是没的说，可是她唠唠叨叨的话语简直能把我逼疯，逼得我都快拿出刀子杀人了。

"虽然我刚才就想到你会来看我，不过还是谢谢你能过来，"吉布森感激地说道，"你善解人意，平易近人。桑戴克也是一样，你们一点儿也没有专家迂腐的架子。刚才我伯母收到瓦尔特的电报就立刻去找劳里先生了。"

"霍恩比夫人可要遭罪了，"我差点儿就要说"劳里也要遭罪了"，不过幸好有一丝理性把这句话咽了回去，"劳里会让她感觉无聊透顶。"

"就是，我也特别讨厌劳里。你知道吗？他竟然厚颜无耻地劝鲁宾认罪！"

"他也是跟我们这么说的，结果被桑戴克骂得狗血淋头。"

"哈哈，那可真是大快人心，"吉布森笑着坏坏地说道，"快告诉我今天都发生了什么事儿吧。瓦尔特跟我含糊其辞，只说案子转交给了高等法院，也就是说‘延后审理’。是辩护失败了吗？鲁宾现在在哪里呢？”

“辩护只是被延期了。桑戴克觉得这案子肯定会移交到高等法院审理，所以现在也就没必要暴露我们的辩护方案。要知道，一旦控方掌握了我们的计划，肯定会相应地改变来对应我们的辩护。”

“哦，明白了，”吉布森沮丧地回答道，“不过我还是失望极了。我原来以为桑戴克会有办法让控方撤诉的。那鲁宾现在是个什么情况？”

让我害怕的问题终于出现了，但也不得不回答。我清了清嗓子，低着头，不安地盯着地上的木板，故意回避着吉布森质问的眼神。

“法官不同意保释。”我沉默了一阵说道。

“然后呢？”

“所以……鲁宾现在被羁押了。”

“你的意思是鲁宾被关进监狱了？”吉布森惊声问道，呼吸变得急促起来。

“他不是定了罪的囚犯，他只是暂时被羁押在里面，等候延期的审判。”

“但还是被关在监狱里？”

“是的，”我狠下心承认道，“被关在霍罗威监狱。”

她顿时呆若木鸡地看着我，脸色苍白，眼睛瞪得大大的。沉默了片刻之后，她突然深吸了一口气，转过身去，手抓着壁柜的边缘，埋着头呜呜咽咽地痛哭起来。

总的来说，我不是一个情绪化的人，更谈不上冲动，但也不是铁石心肠、毫无感情的人。看到原本坚强勇敢的吉布森现在痛苦流泪的样子，我顿时心生爱怜，走到她的身边，轻轻地握着她的手，用沙哑的声音，低声地说了些安慰的话。

过了会儿，吉布森才勉强打起了精神，将自己的手从我的手中抽了出来，转身擦去眼泪，然后对我说道：

“不好意思啊，让你看到我失魂落魄的样子了。我从心底里觉得你是一位靠得住的真朋友，是我的朋友，也是鲁宾的朋友。”

“吉布森，我们当然是朋友，”我回答道，“除了我，桑戴克也肯定是你们的朋友。”

“那肯定，”她回答说，“但我现在实在是没做好心理准备，我也说不上是什么原因……虽然我非常信任桑戴克，但听完这个消息还是非常担心，害怕最后是一个可怕的结果。从始至终对我来讲简直就是一场噩梦，一场虚构的恐怖噩梦。现在他真的入狱了，噩梦变成了现实，简直太可怕了！可怜的鲁宾！他到底会怎么样啊，杰维斯，他到底会怎么样啊?!”

我能说什么呢？我之前听到桑戴克跟鲁宾说会还他清白，我也相信桑戴克这么说肯定就表明是很有把握的。按理来说我现在应该守口如瓶，尽量用模棱两可的话先应付吉布森。但我觉得自己这么做也不对，毕竟她对我毫无保留，完完全全地信任我。

“你千万不要担心，”我安慰道，“我听桑戴克说了，他坚信鲁宾的清白，而且很有信心能向世人证明鲁宾的清白。这话我就说到这里，你可别往外传。”说最后一句话时，我略显忐忑。

“明白，”吉布森轻声说道，“我由衷地感谢你。”

“对于鲁宾目前的处境，”我继续说道，“你也不必过分担心。你把它想成是做手术，要切除肿瘤就必须开刀。虽然手术看起来可怕，但是不切除肿瘤更可怕。”

“我会尽量控制住自己的情绪，”吉布森点头说道，“可是一想到鲁宾被关在监狱里，跟一群小偷、劫匪、杀人犯待在一起，像野兽一样被关在牢笼里，我就不寒而栗。这简直是对鲁宾人格的羞辱。”

“被诬告算不上羞辱，”此话一出口，桑戴克之前跟我说过的话就在脑中回响起来，虽然感到内疚，我还是继续说道，“只要最后被判定无罪，他的人格仍然是清白无瑕的，这段不美好的经历也会很快被忘记的。”

吉布森用力地擦掉泪水，毅然地将手帕放到了一边。

“你再次让我有了信心，摆脱了恐惧，”吉布森说道，“我真不知道该怎么感谢你。不过我向你保证，以后我一定会坚强勇敢，而且完完全全地信任你。”

她面带感激的微笑，让人感觉是那么温柔甜美，看着她的样子我真想一把将她抱进怀里。不过理性还是占了上风，我轻声说道：

“能让你有信心我就很高兴了。我毕竟只是一个中间人，咱们最终指望的还是桑戴克。”

“这个我知道，但让我真正振作起来的是你，你们各有各的功劳，在我心中的分量不一样。女人是感性动物，我想这一点你应该再清楚不过了。呀，我好像听见伯母回来的声音了。你现在最好先走吧，免得等会儿又被她缠上了。不过你得告诉我，我什么时候才能去见鲁宾？我绝不能让他感觉自己被朋友遗忘了。”

“如果你愿意的话，明天就可以。”我回答说，然后又善意地补充道：“明天我也会去，桑戴克或许也会去。”

“明天我能跟你们在律师楼见面，然后一同过去吗？会不会觉得我有些碍事儿啊？我一个人去监狱感觉太可怕了。”

“当然可以，一点儿也不碍事儿，”我回答说，“到时你到律师楼，我们一起坐马车去霍罗威监狱。我想你是决意要去的了，不过说实话，去那种地方确实很不好受，我想你心里也清楚。”

“是，我心意已决。那我们什么时候在律师楼会合呢？”

“你方便的话，就明天下午两点吧。”

“好的，我会准点到的。现在你可必须溜了，否则伯母回来你就走不掉了。”

她轻柔地将我推向门外，一边伸手与我道别，一边说：“你的帮助我真是感激不尽，这人情这辈子都难还了。我们明天再见！”

离开之后，我一个人孤零零地站在街头，头上渐渐升起了傍晚的薄雾。之前我刚进吉布森家的时候，外面还是晴空万里，而此刻已是夕阳西下，吉布森的家也渐渐被暮色笼罩，看不见了。我迈着轻快的步子，在街上快步地走着，看起来就像是一个头脑发热的青年。确实，我脑中思绪万千。有些事情，无论对于哪个年龄层的男人来讲，恐怕都会最先笼上心头的。这些事情通常是最关乎个人生活和前景的事情。

我和吉布森之间的关系到底是个什么情况？我在她的心里处于什么样的地位？对她来讲，我们的关系再清楚不过了，她的心里只有鲁宾，而我只是她的好朋友。我之所以是她的朋友，也只是因为我是鲁宾的朋友而已。而对于我来讲，不得不承认的是，我对她确实开始产生感情了，而这似乎意味着将要颠覆我的理性。

吉布森符合我对女性的所有期望，简直是我心中完美女性的化身。从来没有哪个女人对我有如此大的吸引力。她的坚强与独立、温柔和高贵，更不用说她的美貌，我已被她彻彻底底地征服了。这是我自己也不能否认的事实。然而我也意识到，不久之后她就不会再需要我了。那时我也将别无选择，只能孤身离开，试着将她遗忘。

我这么做是否算是正人君子呢？毫无疑问这一点我自认为是肯定的，我跟她之前完全都是例行公事，就算我有非分之想也难以付诸行动。而且，我的行为除了伤害了我自己，也没有损害任何人的幸福。而我自己的幸福该怎么把握也是自己的事情。即便是桑戴克也无法指责我。

不过，很快我的思绪又回到了案子上来，我突然联想到之前听到的一些关于霍恩比先生的事儿，这一联想让我有了意外的发现。不知道我的这一发现对于桑戴克对案子的判断会否产生影响。不过我也猜不到桑戴克对案子的判断到底如何。我一边走在充满浓雾的街道上，一边将这一新的发现与现有的证据联系起来，试图寻找到其中的关联和意义。

之前有一段时间，我怎么想都想不通。一想到这案子，满脑子都是那枚红指印。那枚红指印对于我，以及除桑戴克之外的所有人来说，就是案子的核心铁证。所有人都认为案子没有其他解释的余地了。但当我将整个案情反复梳理之后，我的脑中突然有了一条全新的思路。

会不会是霍恩比先生监守自盗呢？对外界来说，霍恩比先生在生意上的失败好像是一场突如其来的意外，但对于霍恩比先生本人来说可能并不意外。而且那张印有红指印的纸是从他备忘录上撕下来的。但又有谁能证明那张纸是他撕下来的呢？这件事情只是他的一面之词。

可又该如何解释那枚红指印呢？尽管看起来不太可能，但也不能完全否定，那枚指印也有可能是之前鲁宾偶然留下的，只是自己没有注意到，也可能是不记得了而已。而霍恩比先生也见过“指纹模”那个东西，而且“指纹模”上也收集了他自己的指纹。霍恩比先生肯定很清楚指纹鉴定所起的指证作用。有可能是霍恩比先生一早就把印有鲁宾指纹的纸藏了起来，以备不时之需。有可能霍恩比在自己偷完钻石之后，便用铅笔在那张纸上写上日期，放进了保险柜，嫁祸于鲁宾，并且转移了大众的注意力。尽管这种可能性已是微之甚微，但是解释这案子的其他可能又何尝不是更小？也许有人会认为霍恩比先生不会做如此肮脏龌龊的勾当，但是对于绝望的赌徒又有什么事情是干不出的呢？

我不禁为自己的新发现感到兴奋，真恨不得现在能立刻飞回去，把这个想法告诉桑戴克，看看他会怎么说。但当我穿过市中心时，眼前的雾气变得越来越浓，整个人的注意力不得不放到了马路上，小心翼翼地穿梭在车流当中。大雾让原本熟悉的路道变得陌生，路牌也看不清楚了，我不得不放慢脚步寻找方向。直到过了晚上六点，我才摸索着走进中殿法学院，穿过王厅街，回到了桑戴克的住所。

刚到门口，我就看见博尔特对着大雾焦虑地张望着。

“杰维斯先生，博士还没回来呢，”他说道，“也许是雾大困在路上了。市里的雾肯定更大吧。”

（在此我需要解释一下：对于博尔特，桑戴克就等于博士，博士也就等于桑戴克。这个名词只配得上桑戴克。虽然也有其他的低等生物有着“博士”的头衔，但对于博尔特来说他们根本配不上这样的称号，认为以姓氏称呼足矣。）

“是的，那肯定，”我答道，“我刚从斯特兰德大街走过的时候雾都大得不行了。”

说完我便走上楼梯。想到刚才还在黑暗的浓雾里摸爬着，现在已经走进了明亮温暖的房间，我心中感到无比满足。博尔特在门外又张望了一下，最终还是不情愿地跟着我上了楼。

“要喝茶吗，先生？”他一边问道，一边打开房门（尽管我也有房门的钥匙）。

我告诉他我是想喝茶，他便走开为我准备茶点。他做茶点的动作循规蹈矩，灵巧娴熟。但是很显然他还在出神地想着什么其他事情，一副魂不守舍的样子。这可不是平常的博尔特。

“博士说他下午五点之前就会回来的。”他一边将茶壶放到托盘上，一边对我说道。

“这么说来他今天就没守时啰，”我回答道，“看来等会儿还得给他烧茶。”

“先生，博士绝对是个守时的人，”博尔特继续道，“他安排时间总是精确到每一分钟的，绝不会有偏差。”

“‘伦敦时间’是不可能精确到每分每秒的。”我有点儿不耐烦地说道。我本希望回来之后能够一个人静一静，把案子从头到尾地梳理一下。可一回来博尔特唠叨个不停，让我烦躁不安。他简直就像个婆婆妈妈的女管家。

这个矮小的男人显然察觉到了我的思绪，因为他默默地走开了，只留下我孤身一人待在楼上。这反而让我为自己刚才的表现感到一丝后悔和羞愧。我望着窗外，看见博尔特又回到大门口继续着他的守望。过了一会儿，他上来收拾完茶具，便又下楼去了。此时屋外已经是一片黑雾，虽然我看不到外面的情况，但仍能听见博尔特时不时上楼下楼的脚步声。轻柔的脚步声听起来时而鬼鬼祟祟，时而惴惴不安。最后连我也被他搞得神经兮兮的了。

第8章　可疑的意外

圣殿教堂传来了低沉的钟声，时间已经是晚上六点四十五分了。屋内壁炉台上的挂钟也同时敲响了，但这时仍然不见桑戴克的踪影。这确实有些奇怪了，如此守时的桑戴克今天竟然还会迟到，他承诺过的时间一般绝不会有半分误差的。我有些迫不及待地想把我的新发现告诉他。与此同时，博尔特像幽灵般地在我旁边走来走去，让我的每根神经都绷得紧紧的，既没办法休息，也没办法思考。我将头探出窗外，下面的路灯被浓雾笼罩，泛着模糊的红光。我打开屋门下了楼，干脆就在楼下的大门口等桑戴克回来。

突然一个黑乎乎的身影从实验室飘到了楼梯口，我顿时吓了一跳，定睛一看发现这人是博尔特，我才舒了一口气。当我等得有些困了，正要回到房里的时候，忽然听见培伯大楼那边传来了一阵车轮声，而且声音越来越近。

马车最后停在了房子对面，博尔特急切地从楼梯上冲了下来，敏捷得像一条眼镜蛇。过了几分钟，我就听见他洪亮的声音从大厅里传来：

“先生，您的伤要不要紧?”

听到这里，我也冲了出去，只见桑戴克右手扶着博尔特的肩膀，步履蹒跚地爬着楼梯。桑戴克浑身沾满了污泥，左手吊着绷带，帽檐下压着一条黑巾，显然头上也缠了绷带。

“我没受什么伤啦,”桑戴克口气轻松地说道，“不过我现在看起来确实很狼狈，就好像刚从泥地里耕完田回来一样。是吧，杰维斯?”他看到我惊慌失措的表情，又自嘲道：“此刻，有一顿晚饭、一套干净的衣服，我就心满意足了。”

一进房间，在灯光下，他的脸色显得十分苍白，浑身虚脱似的一下子就倒在了摇摇椅上，看起来已经是筋疲力尽。

“出什么事儿了?”我关切地问。博尔特见势也静悄悄地去厨房准备晚餐了。

桑戴克抬起头向四周看了看，在确定博尔特已经离开后，才开口道：

“杰维斯，我告诉你，这可真是件怪事儿。下午我从博罗区往回走，由于到处泥泞不堪，湿滑难走，一路上我一直小心谨慎。当我走到伦敦桥下的时候，就听见一辆大马车轰隆隆从桥上往下冲。这大雾里简直伸手不见五指，更别说看见那大马车了。当时我赶紧停下脚步，站在路牙上，想等马车通过了之后再继续往前走。但就当马车逐渐驶近、冲出浓雾、出现我眼前的时候，有人突然在我后面猛地撞了我一下，更奇怪的是，与此同时他还伸出脚来将我绊倒。我整个人就扑倒在泥泞的马路上，马车也正向我飞奔而来。我挣扎着往外爬，急促的马蹄径直从我身上飞过，一脚将我的帽子踢飞。那可是我的新帽子啊！接着又是一脚将我踹了个半晕。紧接着滚动的车轮从我脑门侧边滑过，你看这伤口，就是车轮刮的。然后我的袖子也被车轮给压住了，胳膊都拔不出来，所以胳膊一下被车轮碾了过去。这简直是不幸之中的万幸，杰维斯，要是我当时距离马车再近两三尺，现在可能就已经被压成人肉饼子了。”

“背后撞你的那个人呢？”我问道，我真希望当时那个人撞的不是桑戴克而是我。

“早没影儿了，不过我还记得，他看起来有点儿像个灯夫。最后是个喝醉酒的女人救了我，是她把我送进了医院。那一定是个催人泪下的画面。”桑戴克一边回忆一边苦笑。

“然后你被留院观察了一会儿？”

“是呀。我进了手术室，躺在干瘪瘪的手术台上。老兰德坚持一定要让我躺一个小时，要观察一下我是否有脑震荡的后遗症。实际上我只是被轻微地撞了下，有点儿迷糊罢了。但这还是件怪事儿。”

“你的意思是撞你的那个人？”

“是，我真搞不懂他的脚是怎么伸到我前面来的。”

“你觉得他不是故意的？”我又问。

“应该不是故意的。”桑戴克回答说，但语气不是很坚定。

我本想继续追问下去，可博尔特一出现，桑戴克就故意岔开了话题。

吃完晚饭后，我把从瓦尔特那儿听到的消息告诉了桑戴克。

我一边讲着，一边盯着桑戴克看，想知道他对这消息会作何反应。然而结果却令我失望。虽然他听得饶有兴趣，但丝毫没有表现出兴奋或者意外的情绪。

“也就是说霍恩比先生在投机矿场玩票儿？”我一说完，他就开口道，“都这把年纪还这么冒冒失失的。那他这种糟糕的处境持续多久了呢？”

“我也不知道。但这种处境绝非突如其来，之前他肯定也是可以预见到的。”

“我想也是，”桑戴克赞同道，“股市倒是会风云突变，预支购买股票可能会让人一夜之间倾家荡产。但看样子霍恩比先生是花了真金白银买下这几个矿场，不像是暂时性的投机，更像是实实在在的投资。所以就算贬值，损失的情况也跟股市里不一样。到底怎么个不一样也是值得探究的。”

“这事儿应该跟咱们的案子有联系吧？”

“当然有联系，”桑戴克语气肯定，“而且其中的联系还不止一条。我想你肯定有你独到的见解。”

“是的。我觉得，假如亏损局面由来已久，那么盗窃钻石便是他们挽救亏损局面最后的救命稻草。”

“你考虑得很周全，”桑戴克说道，“但是即使如此，这对本案来说又有什么特殊的意义呢？”

“假设，”我回答道，“霍恩比先生在案发时正面临严重的财务危机，那么窃贼的身份也就多了一个可能。”

“洗耳恭听你的假设，请继续。”桑戴克两眼放光，兴致盎然地看着我。

“但这个假设是不太可能的，”面对桑戴克的锐利目光，我感到有些怯意，“而且这个假设是有些疯狂的。”

“这有什么，”他说道，“真正的智者会对可能的和不可能的事情给予同样的精力去考量。”

有了他的鼓励，我便滔滔不绝，将刚才在回来路上所想到的推测一股脑地说了出来。我非常高兴地发现，整个过程中桑戴克都听得十分专注，对我的一些观点时不时地点头表示赞同。

我讲完之后，桑戴克还保持着同样的姿势，盯着壁炉里的火苗，一副若有所思的样子。他肯定是在想我的推论和新的线索如何跟之前掌握的信息挂上钩。思考片刻之后，桑戴克才缓缓开口，双眼仍然盯着壁炉里的余火：

“杰维斯，你的推论说明你真的是一个可塑之才。我们暂且不说你的推论是否正确，因为现在其他一切的推论也都一样说不清是否正确。让我十分欣慰的是，你能理性地分析和推理，能将那些看似不相干的事情联系在一起。能把看似可能的事情，以及看似不可能的事情结合起来分析，是件非常难能可贵的事情。要知道，就算是傻子也能看到那些最显眼的事儿。比如傻子也懂得指纹的重要性。你这次表现非常好，真为你感到高兴！你将自己从狭隘的思维中解放了出来，至少你已经摆脱了指纹的束缚。高尔顿是指纹界的鼻祖，他发表了那篇著名的论著之后，法律界就把他奉若神明了。我记得他在论著中说过，有了指纹证据就无须再做进一步证实，其实这是最误导人，也是最危险的观点，而警方正好又特别支持这种观点。他们似乎因此找到了一个万能的法宝，通过这样的法宝便可以省去许多繁复的调查工作。但实际上，无论什么样的证据都不可能‘无须再做进一步证实’，就好比不可能只用一个条件就能演绎推理一样。”

“警方不会懒到只会找指纹了吧?”我笑道。

“警方当然不会这么懒，”桑戴克回答道，“不过他们的演绎推理，简单来说可能就会是这样：案犯就是留下指纹的人，指纹是，比如说是约翰·史密斯的，那么结论就是，约翰·史密斯就是案犯。”

“这种演绎推理是完全正确的，不是吗?”我问道。

“是完全正确，”桑戴克回答道，“但是忽略了一个重要的前提条件：‘案犯就一定是留下指纹的人吗?’这一点一开始就没有得到证实。”

“这么说，如果没有提前证实这一点，那指纹作为证据就没有什么价值了。”

“也不完全是，”桑戴克回答道，“只要不夸大指纹的作用，指纹在案件中还是非常有价值的。比如就拿我们现在的案子来说。假如没有这枚拇指印，那么任何人都有作案的嫌疑，也就意味着没有任何线索了。正因为有了这枚指印，怀疑的对象才被缩小到了鲁宾或是其他能够获得鲁宾指纹的人。”

“明白了，那你觉得我认为约翰·霍恩比是嫌犯这种推断也是站得住脚的啰?”

“当然啦，”桑戴克答道，“一开始调查这个案子的时候我就想过这种可能。你收集的新的证据更增加了这种可能性。你应该还记得我一开始说过的那四种假设吧？我当时假设窃贼要么是鲁宾，要么是瓦尔特，要么是霍恩比先生，要么就是其他人。现在还没排除前三个人的作案嫌疑时，我们暂且不考虑‘其他人’的可能性。那么我们就只剩鲁宾、瓦尔特和约翰三个人了。如果不考虑指纹证据，那么约翰·霍恩比的嫌疑最大。因为只有他有钥匙能开锁拿取钻石，而且也没有证据显示其他两个人有这样的开锁条件。然而红指印的出现让嫌疑集中在了鲁宾身上；不过，根据你刚才的推论，我们也不能排除约翰·霍恩比的嫌疑。所以我们现在可以得出如下分析：

“因为约翰·霍恩比的钥匙能够打开保险柜获取钻石，所以钻石有可能是他偷走的。但是如果那枚红指印是在约翰锁上保险柜之后到他打开保险柜之前这段时间留下的，那么另外那个能够打开保险柜的人就很有可能是窃贼。

“指纹是鲁宾的，这就可以初步假设是鲁宾偷了钻石。但是现在又没有证据显示他能够开锁打开保险柜，如果他不能够打开保险柜，那么他便不可能在那一时段留下自己的指印。

“但是约翰·霍恩比有可能在案发前获取了鲁宾的指纹。如果是这样，那偷钻石的人八成就是约翰了。

“至于瓦尔特，虽然他也有可能取得鲁宾的指纹，但是没有证据显示他能开启保险柜或是拿到约翰的备忘录，所以他在这个案子中的嫌疑是最小的。”

“那么现在关键的问题就在于，”我说道，“鲁宾到底有没有办法打开保险柜，以及霍恩比先生是否有机会在自己的备忘录上留下鲁宾带有血迹的拇指印？”

“是的，”桑戴克回答道，“这便是这案子的关键问题，当然还有一些其他的问题，但这些问题一时还无法弄清楚。鲁宾的房间已被警方彻底搜查过了，警方并没有在他的房间里发现万能钥匙或是复制的钥匙。不过这也不能说明什么，鲁宾也可能在得知指印被发现后，将钥匙处理掉了。至于另一个问题，我之前也问过鲁宾，他说自己并不记得曾留下过带血迹的拇指印。所以对于这两个问题无法得出确切的定论。”

“那么对钻石的失窃，霍恩比先生作为托管方负有什么责任呢？”

“对于这一点，我们可以不用考虑，”桑戴克回答说，“他没有任何责任，也没有任何疏忽和过失，所以从法律上来讲，他对于钻石失窃也不用负责。”

说完桑戴克便早早地回房休息了，只留下我一个人在客厅发呆，苦思冥想着这个案子。我越想这案子，越是感觉迷茫。如果今晚桑戴克的这番话就是他毫无保留的解释的话，那么想要靠这种解释在法庭上洗清鲁宾的罪名几乎是不可能的。就算桑戴克对指纹在案件中的价值提出质疑，法院恐怕也不会接受。但之前桑戴克又让鲁宾放心，说辩护是绝对没问题的。我知道桑戴克不是一个感情用事的人，说出这样的话绝非仅是安慰之辞。那么我可以确信的就是，他袖子里肯定还藏着一张王牌，那肯定是一条我没有发现的线索。想到这里，我也不再多想了，熄灭烟斗，上床睡觉了。

第9章　囚　徒

第二天早上，我刚走出房门就撞见拿着盘子走上楼来的博尔特（我们的卧房设在阁楼上，也就是在实验室和办公室的上面）。于是，我便跟着他顺路到了桑戴克的房间。

“今天我是出不了门了，”桑戴克开口说道，“等我好一些，便会赶紧出门办事儿的。这样确实非常拖累工作，但也不得不接受这样的现实。昨天我的头可撞得不轻，现在我虽然感觉没什么事儿，但还是小心为妙吧。我现在得少吃多睡，直到没有什么后遗症出现为止。你来帮我看看头顶的伤，然后顺便帮我把一些信给寄了吧。”

我表示非常乐意帮忙，并称赞他的自控力和判断力过人。我的称赞发自内心，因为一般的病人通常手上也没什么要忙的工作，加之病痛缠身，大多会牢骚满腹，不会好好休息；而桑戴克向来精力充沛、工作繁忙，受伤后却能调整心态、安心养伤，实属难得。于是看完他头上的伤势，我便下楼吃早餐了。接着，我整个上午的时间都用来给那些本来打算拜访桑戴克的人们回信了。

午餐吃得相当简单，桑戴克要“少吃多睡”，博尔特的用餐安排看来对我也一视同仁。吃完午餐不久，我就听到了大厅街传来了马车的声响。

“你的美女朋友来了，”桑戴克朝我挤了挤眼睛，他早就知道了我的安排，“替我告诉鲁宾，一定要有信心，千万不要丧气。你也是，可别忘了我给你的忠告。你帮了我这么多的忙，我真是愧疚啊，算我欠了你一个大大的人情。你赶紧去吧，别让人家等着急了。”

我快步走下了楼梯，刚走出大门，车夫正好就停下了马车，打开了车门。

“到霍罗威监狱，在监狱大门停。”我一边登上马车，一边说道。

“嘿嘿，那地儿也没别的门了。”车夫咧着嘴笑道。还好吉布森并没有听到车夫的回话和他的笑声。

“吉布森，你非常守时啊，”我开口说道，“现在一点半还没到呢。”

“是的，但我想在两点钟之前赶到那儿，这样便能多点儿时间见鲁宾，也不会影响你跟鲁宾的谈话时间。”

此时，我注意到她今天的打扮比平时更加精致，显得更加美丽动人。我先是感到惊讶，然后不由得赞叹，与此同时我内心又略感惆怅。因为我的脑海里浮现了一幅让我感到郁闷的场景：衣着鲜艳的吉布森和我走在肮脏的监狱里，而我扮演的角色只是一位临时法医。

“那么，”我打破沉默说道，“事到如今，我就没必要再问你到底要不要去探监这个问题了。”

“当然不用再问了，”吉布森口气坚定地说道，“不过还是感谢你的好意。”

“看来你已经心意已决。不过我也有责任让你做好心理准备，我怕你到时候会被吓坏的。”我说道。

“是吗？”吉布森问道，“真有这么恐怖？你跟我说说那里是个什么样子。”

“首先你要知道，”我回答道，“像霍罗威这样的监狱其存在的目的是什么。虽然我们要探访的人是无辜的，是一个有教养、有尊严的人，但霍罗威监狱里的其他牢犯可不是无辜的。在押的犯人中，大多数男性犯人都是职业惯犯，而女性犯人不是小偷小摸的，就是爱喝酒闹事的。他们大多数人都是那儿的常客。这些犯人进监狱就跟进平常熟悉的旅馆一样，他们直呼狱警的姓名，还要求一贯享受的特殊待遇。比如，他们会求喝‘酒’。他们要求的‘酒’其实就是镇静剂，打完镇静剂他们才能平静躁动的神经。他们也要求点上一盏灯，以驱走牢房中的恐惧。牢中的犯人品性如此，来给他们探监的人也好不了哪儿去，多数也是底层氓流。监狱当中无辜的人所占的比例微乎其微，简直可以忽略不计，所以就算是无辜的人在押候审也是跟其他犯人一样，没有特殊的照顾。”

“难道我们不能去鲁宾的牢房吗？”吉布森问道。

“天啊，当然不能。”我回答道，心想看来得赶紧劝说她打消这个念头，我继续说道：“我跟你讲讲我的亲身经历吧，那次经历简直可怕极了。当时我还在英国中部的一个监狱里做医生，有一天早上，轮到我在监狱的医院巡房。当我穿过一条过道的时候，忽然听见旁边墙里面传来一阵诡异的吼叫声。

“‘这是什么声音呢？’我向身旁的狱警问道。

“‘这些犯人正见他们的来访的朋友呢，’他回答说，‘你想见识见识吗？’

“接着，他抽出一串钥匙，打开了一扇小门。随着小门被推开，原本遥远模糊的声音瞬间变得震耳欲聋。我走进门口看到的是一条狭长的通道，通道的尽头坐着一名狱警。通道两侧是两排巨型的牢笼，分别供犯人和探监的人使用。牢笼里一张张脸，一双双手密密麻麻地并成了一排。那一幅景象真是令人毛骨悚然：每个牢笼背后的景象都不尽相同，有的是扭曲的表情，有的是狰狞的笑声，有的是一双焦躁的手不安地抓着牢笼的围栏。每个人似乎都在用最大的声音喊话，想让对方能够在这喧嚣的环境中听见自己。然而因为每个人都在嘶吼，所以里面声音大得已经听不见任何人说的任何一句话。在这样的环境里我产生了一种奇怪而又可怕的幻觉：仿佛所有人都并没在说话，巨大的喧嚣声是从外面传来的；一张张粗俗而凶残的脸，表情扭曲，嘴巴不停地一张一合，下巴也随之不断地上上下下；他们情绪激动地盯着对面牢笼里的人，嘴里却并没有发出声音。这使我想到动物园里的猴子，走在通道里的人也许应该给两边笼子里的人丢点儿花生米，或是扔几张纸给他们撕着玩儿。”

“这简直太可怕了!”吉布森忍不住惊呼道，“难道我们要跟其他的访客待在同一个笼子里，而且不受约束?”

“不，在监狱里没有什么地方是没有约束的。两边的笼子用隔板分出了一个个小的隔间，每个隔间都有个编号。犯人坐在一个隔间里，访客则坐在犯人对面的隔间里。彼此锁在相对的两个笼子里，中间还隔着一条狭长的通道。他们可以看到双方，相互交谈，但是严禁传递任何违禁物，原因就不必说了。”

“当然，这些措施是有必要的。但是这对我们这些安分守己的良民来说也太可怕了。对于好人和坏人，监狱应该区分对待才对。”

“你还是不要去了，让我把你想说的话转达给鲁宾吧。你不用遭这趟罪，他肯定会理解并为之感到欣慰的。”

“不不不，”吉布森立刻反对说，“里面状况越是糟糕，我越是应该去。千万不能让他觉得就因为一点点的麻烦和困难，自己的朋友就不愿意来看他了。前面那是栋什么建筑啊?”

我们的马车刚从苏格兰大道拐进了一条幽静的道路，这条宽敞的大路在这偏远的郊外显得格格不入。路的尽头耸立着一座城堡般的建筑。

“那就是霍罗威监狱了，”我告诉她，“从现在这个角度看这个监狱还挺美的，但如果是从监狱的背后或里面看，那就是另一番景象了。”

我说完这句话后，在接下来的一小段路上，车上的我们都一声未吭。马车驶进了监狱大院，停在了大门前。交代完马夫在外面等我们，我便上前敲响了大门门铃。很快旁边的一扇小门打开了，我们刚走进去，身后的小门便迅速地被关上了。走进小门后是一个接待区，接待区里还有一扇门，这扇门的背后是一个内院。透过一根根铁栏，我看到内院还有一扇通往真正监狱的铁门。办完必要的手续之后，我们跟一大群形形色色的人一起，在此等候正式探监。而吉布森此时正面带恐惧地查看着周围的人群。虽然她尽量在掩饰，但是她害怕的表情还是显露无遗。跟我们一起等的这批乌合之众显然还没有犯罪入狱，这可真是难能可贵。这些人的表情非常丰富，有的悲伤沉默，但大部分人都是兴奋得滔滔不绝，同时也有很大一部分人显得轻松愉快，甚至在相互打趣。

铁门终于开了，我们这群人在一位狱警的带领下进入了监狱的“侧翼”。我们每走一段距离就有一扇铁门，进入另一扇铁门之后身后的铁门随之就会被关闭。每看到一扇铁门被关上，吉布森的脸上似乎就会随之抽动一下。

“我觉得，”快要走到终点的时候，我开口说道，“等会儿最好还是先让我进去见鲁宾。我跟他没多少话要说，不会让你等太久的。”

“为什么我不能先进去？”她用略带怀疑的口吻问道。

“是这样的，”我回答道，“我是觉得你可能见完鲁宾之后会沮丧难过，我想到时尽快送你回马车好一些。”

“也是，也许你是对的，”她说，“杰维斯，你可真为我着想啊。”

不一会儿，我就被领进了一个狭小的笼子里。这个笼子就像是典当铺里收抵押物的小窗口，然而比典当铺更糟糕的是这里的空气里还弥漫着一种腐烂肮脏的味道。笼子里的木板，泛着油腻的光泽，显然这地方已经被各种脏衣服脏手来回蹭过无数遍了。站在这狭小的空间里，我不自觉地把双手插进了口袋，小心地挪动着身子，生怕触碰到这里的任何东西。对面牢笼里的铁门被打开，接着又被关上，发出了刺耳的声音。我的视线穿过两层铁栏杆，终于看到了鲁宾。鲁宾跟我的姿势一样，手插在口袋里，拘谨地站在笼子里。他穿着平时穿的衣服，跟往常一样上上下下都收拾得干干净净的，但满嘴的大胡子显得很是扎眼。一块牌子挂在他衣服纽扣的扣洞上，上面写着“B.31”。虽然只是一嘴胡子和一块编号牌，但已经看得出其牢狱生活的艰辛。等会儿吉布森见到恐怕更会难以接受，想到这里我心里更难受了。

“杰维斯，能看到你来真是太高兴了，”他态度真诚地说道，令我感到惊奇的是，虽然周围的声音十分嘈杂，但我能清晰地听到他的说话声，“我没想到能在这里见到你。他们告诉我只能在外面的律师房才能见我的法律顾问。”

“当然，我们也可以在律师房见面，”我回答说，“然而我在此跟你见面是因为吉布森也跟我一块儿来了。”

“让她来这种地方，我真是深感歉意，”他即刻回答道，带着明显反对的语气，“她可不该来这汇聚了乌合之众的地方。”

“我之前也这么跟她说，告诉她你也不希望她过来受罪，但她始终坚持要来。”

“女人最不好的就是这一点，”鲁宾说道，“她们总爱小题大作，就算没人强求，她们也愿意做一些无谓的牺牲。吉布森来看我，我当然是感激不尽。我知道她的这般举动是出于一番好心，她可真是好人中的好人。”

“当然啦，”我大声说道，对于鲁宾这种不知感激的冷漠态度我很是生气，“吉布森是我见过的心地最善良的女子了，她为你作出的牺牲可以说是令人钦佩。”

透过两层铁栏，我看到鲁宾的脸上露出一丝略带猜疑的微笑。看着他那样子我真想上去揪他的鼻子，但在目前的处境我需要一个特制的钳子才能揪得到他。

“是的，”他语气平静地说道，“我和吉布森一直是很好的朋友。”

这个该死的家伙！听他那不屑一顾的口吻，这样的天仙美女对于他来讲似乎根本不值得一提！现在，刻薄的词语近在我的嘴边，就差没说出口了。不过再转念一想，他现在的处境已经十分窘迫了，困在牢笼里蒙受不白之冤，我怎么能再往这可怜人的伤口上撒盐呢？于是我做了个深呼吸，控制住了自己的情绪，然后向他问道：

“你在这个地方还能待得下去吧？”

“还行吧，”他回答道，“虽然里面恶心透顶，但我这还不算最坏的。只要能出去，待一周还是两周对我来说都无所谓。桑戴克跟我说的话让我信心满满，希望那些话不只是为了安慰我说的。”

“那些肯定不只是安慰的话。桑戴克从来都是心口如一，句句真心实意。虽然我算不上可以让他袒露心声的密友——事实上，也没有人能让他完全地袒露心声——但据我的了解来看，他对辩护的前期准备工作还是相当满意的。”

“要真是这样，那我可就真放心了，”鲁宾说道，“他对我的支持和信任，我真是永生难忘，感激不尽。除了伯母和吉布森，全世界的人都认为那是我犯下的罪行。即使这样，桑戴克还愿意站在我这一边，为我伸张正义，这样的信任真是万分可贵。”

之后他又和我聊了一些狱中的琐事。聊了差不多一刻钟左右，我便主动起身离开，好让吉布森早点儿跟他见面。

不过他们的谈话时间并没有我想的那么长。确实，在这样嘈杂的环境下也不适合说什么悄悄话或害羞的情话。一想到自己说的话会被隔壁笼子里的人听到，谈话的私密感就会顿然全无，中间通道里来回巡逻的狱警更会让你感到一点儿隐私也没有。

当吉布森走出来的时候，她看起来两眼无神，十分沮丧。我们在通往大门口的路上也是一声不吭，一路上我的脑子却一刻也未停歇。是不是鲁宾对她也跟对我一样，一直面无表情、冷若冰霜？如果他们俩是情侣，那鲁宾肯定是冷静克制的一方。吉布森的到来肯定让鲁宾极为激动，然而如此激动的见面不一定就能完美收场。但换个角度来看，会不会从一开始就只是吉布森一厢情愿呢？是不是吉布森的爱意根本就是明珠暗投呢？一想到这里，我就忍不住在心里暗骂道：“这个狼心狗肺的家伙！”有一件我一直不敢想的事，然而这件事却一直在我脑中徘徊，难以挥之脑后。我无法再欺骗自己：当一个人陷入情网之时，就算是被别人拒绝而抛弃的珍宝，也会谦卑感激地将其捡起揣入怀中。

沉重的铁门声打断了我的万千思绪。我们走过阴暗的大厅，穿过进来时的小门，终于出了监狱大门。在大门外，我们呼吸到自由的空气，顿时感觉轻松了不少。

马车来了，我便把吉布森送上车，将她的住址告诉了车夫，准备让吉布森先回去。这时我注意到吉布森正盯着我看，正如我期待的那样，她的眼神里流露出了一种依依不舍的感情。

她可能感觉到我不好意思开口，便提议道：

“要不跟我一起走吧，到个方便的地方把你放下就行了。”

听到她的提议我满心欢喜，甚是感激，赶紧回答道：

“要是不耽误你时间的话，我就坐到十字车站下车吧。”

告知车夫之后，我便迅速登上车，在吉布森的旁边坐下。我们的马车刚刚起步前行，一辆漆黑的囚车就跟我们擦肩而过，朝着监狱庭院驶去，囚车内弥漫着肮脏污秽的气息。

“鲁宾见到我后好像不太高兴，”过了一会儿吉布森开口说道，“不过我还是会再来看他的。这是我应该为他做的，也是为我自己。”

我本来觉得自己应该尽力劝她打消这个念头，但从另一方面来想，如果她来探访鲁宾的话，那她肯定需要我来陪着她。一想到这一点，我刚想劝她的念头马上消失得无影无踪，不自觉地又陷入了那让人沉醉迷离的幻想。

“真的是太感谢你了，”吉布森继续说道，“是你让我有了心理准备。看见鲁宾像动物一样被关在笼子里，衣服上还挂着的编号牌，这简直太恐怖了。假如事先没听你讲过的话，我恐怕当场就会吓晕过去了。”

随着马车渐渐远离监狱，吉布森的心情也渐渐好转。她把这一切都归功于有我的一路陪伴。之后，我还把桑戴克遭遇的意外告诉了她。

“太可怕了！”她惊呼道，显然她很是担心，“没被马车直接压过简直是万幸中的万幸。他伤得重吗？你觉得我过去看望一下他，他会介意吗？”

我告诉吉布森，他当然不会介意，反而会很高兴。（实际上，我才不管桑戴克介不介意，反正我非常愿意接受吉布森的提议。）十字车站到了，我便起身下车。走在回去的路上，我的心里又有了盼头，满心期待着明天的到来，期待明天再次的相聚。相聚甜蜜而又苦涩，充满诱惑却又暗含危险。

第10章　谜　题

又是几天过去了，回头再来看，这场意外遭遇并没有给桑戴克留下什么后遗症，伤口愈合得也很好。没多久，他就恢复到了以前的忙碌状态。

吉布森今天也来看望桑戴克了。吉布森，我的女神啊，让我魂牵梦萦的女神。一想起她的名字，我就感到幸福无比，无论用什么美好形容词来描述吉布森都不为过。吉布森前来关心，也让桑戴克非常高兴。再次见面，我们三人相聚甚欢。

谈话中，桑戴克多次谈到鲁宾。显然他是想打探出鲁宾在吉布森心目中的地位。不过我也不知道他最终得出了什么结论。因为吉布森走后，他便闭口不言，再没提过刚才吉布森来访这件事了，这让我很是惆怅。没过两三天，就像我刚才说的那样，桑戴克又恢复到了以往忙碌的工作状态。

他恢复工作状态的第一个迹象是我在一天早上发现的。那天上午十一点，我一回到家，就看见博尔特耷拉着脑袋在客厅里沮丧地晃来晃去，装模作样地打扫着卫生。

“嘿，博尔特！”我叫道，“奇怪，今天你怎么把你最爱的实验给抛弃了，在客厅待着？”

“不，先生，”博尔特沮丧地说道，“不是我抛弃了它，是我被抛弃了。”

“什么意思？”我问道。

“桑戴克把自己反锁在实验室里，还让我不要去打扰他。等会儿，中午的饭菜又该凉了。”

“他在实验室里干吗呢？”我问道。

“我也纳闷呢！”博尔特说道，“我也想知道他到底在干吗，我的好奇心简直快把我憋死了。他每次这样关起门来做实验，之后总能有一些惊人的发现。我真想知道这次会有什么发现。”

“实验室的门上不是有个钥匙孔吗？”我向博尔特挤了挤眼睛。

“先生！”他有些愤慨地说道，“杰维斯，你真是让我吃了一惊。”不过他很快就看出我是在跟他开玩笑，随即冲我笑着说道：“门上是有个钥匙孔，你想去试试的话也可以。不过我敢打赌，桑戴克在里面看你的样子可要比你在外面看他的样子清楚得多。”

“桑戴克和你都爱搞得神神秘秘的。”我说道。

“当然，”他毫不否认，“桑戴克的工作本身就很高深莫测，神神秘秘的东西自然就多了。比如，你看这是什么？”

说着，他从口袋里掏出了一个小皮夹，然后从皮夹里取出一张纸递给了我。纸上画了一组像国际象棋一样的东西，图上还标有尺码。

“看起来像是兵，斯汤顿款式的。”我说道。

“你跟我当时想的一样，但这东西并不是国际象棋。桑戴克要我做二十四个这样的棋子，我真猜不到他要干吗。”

“没准他发明了一种新的游戏，”我带着玩笑口吻说道，“他搞出一些新游戏，然后拿到法院去玩儿，跟他玩儿的对手通常都会一败涂地。不过你拿出来的这个东西可真难说了。而且还要浪费上好的黄杨木来做这种东西，真搞不懂啊。我猜，这东西可能跟他现在在实验室里做的事儿有关吧。”

博尔特摇了摇头，小心地将图纸放回皮夹里，然后用一种非常严肃认真的口吻说道：

“有时候桑戴克神神秘秘的实验真是让人憋得难受。现在他做的这个实验更是快把我憋疯了。”

尽管我没有像博尔特那么好奇，不过还是忍不住想知道这家伙到底在搞什么鬼，他要博尔特做的二十四个棋子是干什么用的呢？除了现在手上鲁宾这个案子，我对桑戴克过去接手的案子几乎一无所知。我想了一会儿也实在想不出那二十四枚棋子跟现在案子有什么关系。而且我的思绪还有一大半在另外一件事情上——今天我还要陪吉布森去霍罗威监狱看望鲁宾呢。

午饭的时候，桑戴克显得特别兴奋，话也特别多，但就是不提实验室里的事儿。他说实验室里的有些工作必须由他亲自完成。一吃完饭，他就立刻钻回实验室去了。而我则心神不宁地在外面的街道上来回踱步，焦急地等待着马车的到来。那是一辆将我载到幸福之地的马车，顺带着，那辆马车也会送我去霍罗威监狱。

傍晚当我从监狱回到家中的时候，客厅已经被博尔特打扫得一尘不染了。桑戴克显然还在实验室里埋头工作。桌子上已经摆好了茶具，热水壶也放在壁炉旁的炉灶上准备好了。我猜博尔特此刻也肯定是忙得不可开交，不愿被人打扰。

于是，我点燃炉火烧了壶热水，给自己泡了杯茶，一个人安静地在客厅里回顾起了下午的事情。

吉布森永远是那么的迷人。她坦诚友好，有我陪伴她去监狱，她显得十分开心、自然，毫不矫揉造作。显然她对我也是有好感的，而且毫不掩饰对我的好感——这又何必掩饰呢？她跟我在一起时表现得毫无顾忌，感情真挚，就好像我们是亲兄妹一样。这已经让我十分愉快，如果我能接受这样的关系，可能会更加美好了。她对我的真挚的感情是毋庸置疑的，而我对我的所作所为也是问心无愧的。吉布森单纯得像个孩子，纯洁无瑕的她从来不会心生恶意，也从来不会怀疑他人会有恶意。我必须为我的行为承担后果，令我欣慰的是我的做法除了让我自己难过，不会让其他任何人受伤。终究这件美好的事情会变成一件痛苦的事情，因为我终有一天会告别这里，重回漂泊的生活。未来会有无数个孤独的夜晚让我痛苦难眠。但就算再给我一次机会，我也会坚持现在的选择。一段痛苦而又甜蜜的回忆远胜过一段空白的回忆。

一路上，虽然我的大部分思绪都放在了吉布森身上，但交谈中我也留意到了其他一些奇怪的事情。当我们谈到鲁宾和她的一些事情时，我好奇地问了许多问题。

“真是祸不单行，”吉布森说的就是他的伯父霍恩比先生，“鲁宾的事儿已经够糟糕了，没想到还有其他事情也被传得沸沸扬扬。也许你也听说了吧？”

接着，我把从瓦尔特那儿听到的事情告诉了她。

“就是这件事，”她有些气愤地说道，“真搞不懂我伯父在这案子里到底扮演着什么样的角色。他在一个矿场投了很多钱，真是让我倍感意外。虽然亏损巨大，但用他们的行话说他已经‘斩仓’脱手了。我们现在也没搞懂他是怎么支付如此巨额的亏损的，我想他肯定是从什么地方筹到钱了。”

“你知道矿场的投资是从什么时候开始贬值的吗？”我问道。

“我知道，贬值来得特别突然，瓦尔特把这种情况称为‘暴跌’，而且正好发生在钻石失窃的前几天。而霍恩比先生是昨天才告诉我他投资矿场失败这事儿的，这也让我想起来之前一件奇怪的事情。”

“什么奇怪的事？”我问道。

“那天不知道是怎么搞的，我把自己的手指给割伤了，而且差点儿昏倒。”吉布森不好意思地笑着说道。“手指被割得很深，但我自己一直都没有觉察到，直到满手是血的时候才意识到受伤严重。一见到血，我就感到一阵眩晕，顿时倒在了壁炉边的地毯上。当时我在霍恩比先生的书房打扫卫生。是鲁宾发现我的，他看到我晕倒在地，吓了一跳，然后马上用他的手帕将我的手指包扎了起来。帮我包扎好后，他的手上也被染得全是血迹。要是有警察冲进来，他肯定当场就被当成凶手给抓起来了。作为医生，你肯定对他接下来的包扎方式嗤之以鼻。他匆忙地从书桌上的一堆文件里摸出一根红带，然后将红带打了个结绑在了手帕上。

“鲁宾离开房间后，我便整理起书桌上的东西。乱糟糟的书桌上沾满了血迹，不知道的人一定以为刚才发生了什么恐怖的惨案。桌上的纸张和信封到处沾满了血迹、带血的指印，看起来恐怖极了。之后鲁宾的指纹在保险柜发现的时候，我马上想到了这件事儿，我猜是不是之前那些带血迹的纸不小心掉进保险柜里了。但霍恩比先生告诉我不可能，因为那张纸是他在将钻石放入保险柜的时候，才从他备忘录上撕下来放进去的。”

这便是我们去霍罗威监狱的路上所聊的主要事情。虽然想一想关于吉布森的其他的事情会让我倍感愉悦，但是，显然刚才那点儿信息对于本案非常重要，我的思绪不得不重新回到案件上来。我突然意识到自己的职责，马上拿出笔记本开始记录起下午获得的信息。正当此时，桑戴克走了进来。

“没事儿，杰维斯，你先忙你的，”桑戴克说道，“我去泡杯茶，等你写完以后再向我展示你今天的收获吧。”

茶壶里的水刚烧开我就写完了，因为我想赶紧看看桑戴克对这条新线索会作何感想。接着，我便把今天下午我与吉布森的对话转述给了桑戴克。

他跟往常一样，听的过程聚精会神，同时面带审视的目光。

“这事儿真的很有意思，而且相当重要，”桑戴克说道，“杰维斯，有你这样优秀的搭档我实在是太有福气了。看来即使是藏得再深的秘密，也逃不过你的双耳。那么，你觉得你之前的推测现在是不是就有了实质性的证据了？”

“当然啦。”

“你的思路合情合理。你看，当你摆脱了僵化的思维模式，尝试了从更多的角度来思考问题之后，那些原本看起来是死胡同的事儿也会出现一丝转机。有了这些新的证据，整个案子似乎就有了一个合理的解释。但前提是霍恩比先生的备忘录当天也在那张桌子上，如果这点得到确定，你的推测就八九不离十了。但是奇怪的是，当我之前询问鲁宾的时候，他怎么没有跟我提过这件事儿呢？不过也是，当时是在鲁宾离开之后，吉布森才发现书桌上的文件血迹斑斑，留有指纹。但是我特别强调地问过他是否在纸张上留有指纹，他当时应该会想到这件事儿才对啊。”

“看来我一定得把这事儿调查清楚，看看当时霍恩比先生的备忘录是否在书桌上。”

“你的想法是好的，”桑戴克说道，“但我觉得最终能否确认希望不大。”

桑戴克的这番话令我很是失望。尽管他听的过程十分认真，跟我讨论得也十分热切，但是我能感觉到他对这些消息的兴趣只停留在对它的逻辑分析上，对真正利用这些消息来辩护却没有太大的兴趣。当然，他也有可能只是假装镇定，但这种可能性简直微乎其微。让真实正直的桑戴克像演员一般矫揉造作几乎是不可能的。在外人眼里，他沉稳冷静，不苟言笑。然而之所以给人这样的印象，就是因为这是真实的他，理性公正，表里如一。

显然我的消息并没有真正打动桑戴克。这可能有两种原因：

第一种原因是，他已经事先知道了这件事儿（这是相当有可能的）；第二种情况是，对于整个案子他手上还有更好的解释。我反复思考着这两种可能性。就在这时，博尔特笑嘻嘻地走了进来，他肯定是察觉到了我的苦恼。他双手举着一张绘图板，板上整整齐齐地放着二十四个用黄杨木做成的棋子。

看见博尔特憨笑的样儿，桑戴克也忍俊不禁地开口说道：

“杰维斯，博尔特一直想弄明白一件事儿。他认为我发明了一种新的棋牌游戏，绞尽脑汁想搞清楚游戏的玩儿法。博尔特，你知道该怎么玩了吗？”

“先生，我还是没想明白。不过我猜，跟你下棋的肯定是法院里穿长袍戴假发的家伙。”

“可能吧。但跟谁下棋可不能说明游戏的玩法。杰维斯，你怎么看？”

“我可是一头雾水，”我回答道，“今天早上博尔特才给我看了这东西，给我看完他显得很是不安，像是泄露了什么天机一样。看完这东西我一直在猜，可怎么都猜不出来这到底是干吗用的。”

桑戴克低哼了一声，端着茶杯站了起来，在房间里一边来回踱着步子，一边说道：“你是说‘猜’？客观理性的人可不会成天把‘猜’这个字挂在嘴边。那么，你所谓的‘猜’具体是什么意思呢？”

他显然是在开玩笑地调侃我，可我还是很认真严肃地回答了他的问题：

“我说的‘猜’，就是在没有事实证据的情况下进行推测，得出结论。”

“一派胡言！”桑戴克假装摆出一副严厉的表情，“只有傻瓜蛋才会在没有事实依据的情况下乱下结论。”

“那我修正一下我的定义，”我说道，“‘猜’就是指根据并不充分的事实证据得出结论。”

“这样的定义稍微准确了一些，”他说道，“不过更确切的说法应该是：‘猜’出来的结论是基于并不充分的事实依据上，而这些依据实际上只能得出一个大概并不确定的结论。我们随手举个例子吧。”他指了指窗外。“你看，下面有个人在培伯大楼旁边行走。如果是仅凭直觉判断的侦探可能就会说：‘下面这个人不是火车车站的巡逻员，就是车站站长。’而这就是在猜。尽管是有这样的可能性，但从我们看到的这一点儿表象并不能够确切证实这样的结论。”

“先生，您猜对了啊！”博尔特兴奋地说道，“我记得特别清楚，那个人之前在坎伯威尔车站真的做过站长。”博尔特对桑戴克的判断敬佩不已。

“只是碰巧猜对罢了，”桑戴克微笑着说，“运气不好就会猜错。”

“先生，可是你没猜错啊，”博尔特说道，“而且您看一眼就猜出来了！”

博尔特似乎只在乎这神准的猜测结果，对于怎么猜出来的一点儿也不关心。

“那么，你们知道我为什么会说他是个站长吗？”桑戴克又问道，没太在意博尔特的这番恭维。

“我想你应该是看见他的脚了，”我回答道，“我注意到许多火车站站长的脚都是外八字型的。”

“非常正确。足弓的弧度透露了他的身份。因为工作性质，他的足底韧带被逐渐拉平，小腿肌肉反而退化。由于足弓扁平会让人感到不适，所以双脚就会自然外八，以减少足弓受力；而他的两只脚中左脚板更为扁平，所以向左外八的弧度就更大。他个子这么高大，一眼就看出来他整条腿在走路的时候都是向外弯的，而且左腿比右腿向外弯得更厉害。

“但是我们知道足弓受压变平的主要原因是长时间的站立。身体某个部分长期压迫会使其衰弱，但如果这种压迫是间歇性的话，则会使其得到强化。所以需要长时间站立的人很多都是扁平足，且会有小腿肌肉退化的情况。服务员、行李搬运工、街边小贩、警察、商店内销售人员以及车站的工作人员，都会有这样的问题。不过服务员走路的姿势是很有特点的：因为要托着托盘四处走动，为了避免盘子里的东西洒出来，他们通常会拖着脚走。而窗外这个人走路时步子迈得很大，而且身子还在左右晃动，显然不是服务员。从他的着装看，也不像小商贩或是行李搬运工。他单薄的体格也不像是警察。店员和商场销售员因为习惯在有限的空间内行走，所以其走路的步子通常短而急促，而且他们的衣着一般也会比较贴身，较为时尚。而车站站长需要经常在长长的月台上来回巡逻，所以走路的步子会迈得比较大，而且衣着也会尽量简单大方，不会像商场里的人那样花里胡哨。总的来说，就这个人外形特征来看，都较为符合一名站长的特征。但是，如果我们因此就断定他是一名站长的话，那么我们就犯了一个逻辑性的错误。这种逻辑错误已经屡见不鲜了。再聪明的人也难免会犯这样的错误，无论是感性的侦探，还是理性的侦探，办案时都会犯这样的错误。根据现有的观察，我们只能推断出这个人在工作生活中需要站立的时间很长，其余判断都仅仅是猜测。”

“说得太好了，”博尔特一边盯着窗外那人渐渐远去的背影，一边说道，“真是太厉害了。要不是这么观察分析，我永远也想不到他是个车站站长。”说完，博尔特带着万分崇拜的眼神看了看桑戴克，然后便起身离开了。

“不过有时候啊，”桑戴克微微笑道，“比起死板的推理，大胆猜测或许会有出其不意的效果和作用，说不定反而更能加分。”

“是啊，事情往往就是这样，刚才你的猜测就是个很好的例子。你在博尔特心中的形象更加伟岸了。在他眼里，你似乎拥有看穿一切秘密的神奇法力。好了，再说说这些棋子吧。我真想不出这东西是干吗用的。我简直可以说是无从下手，连用来推测的基本依据都没有。看到这玩意儿，难道我应该得出什么结论吗？”

桑戴克拿起了一枚棋子，轻轻地放入手中把玩，用尖锐的眼神仔细地观察着棋子的底部，沉思了一阵儿，终于开口说道：

“当你掌握了所有事实证据的时候，分析判断的工作自然会非常简单。我觉得，根据你现在掌握的证据，你应该可以做出一个判断了。也许是我高估你了，不过当你经验足够丰富的时候，你现在面临的问题都会迎刃而解。合理的想象以及严谨的推理是解决问题的关键。你推理分析的能力毋庸置疑，而且你最近也向我展示了你合理想象的能力。你现在欠缺的仅仅是实际经验，不知道如何发挥自己的才能而已。当你知道我这些小棋子的用途的时候，你肯定会感觉恍然大悟。呵呵，很快就会揭晓谜底了。好了，忙了一天，咱们现在该出去散散步，放松放松啦。”

第11章　深夜伏击

“我另外还有个案子需要你来帮帮忙，”过了一两天，桑戴克跟我说道，“有起案件看起来好像是自杀，但是格里芬事务所的律师还是让我过去一趟，那个事务所在巴尼特区。他们希望我在尸检调查死因的时候也在场。所以我们总共去一趟就行了。”

“这是什么迷案吗？”我问道。

“应该不是，”桑戴克回答道，“看起来只是一起普通的自杀事件，不过这也难说。之所以现在要急急忙忙地验尸确认，完全是因为这事关一笔巨额保金；倘若真是自杀，格里芬事务所就能得到一万英镑。所以他们很想尽快定案，也不在乎花这点儿钱请人协助调查。”

“这倒是。那我们什么时候过去呢？”我问道。

“验尸的时间定在明天。怎么啦？你明天有什么事儿吗？”

“没，没什么事儿。”我连忙说道，然而我表情上的细微变化没能逃过桑戴克的双眼。

“到底是啥事儿啊，”桑戴克故意追问道，“你明天肯定是有什么事儿。”

“刚才都说了，没啥特别的事儿。我重新安排一下就行。”

“嘿嘿，跟美人有约吧?”桑戴克咧嘴笑道，样子真是讨厌。

“是的，”我只好承认，满脸通红得像猴屁股似的，“既然你跟街坊大妈一样好奇，那我就索性告诉你吧：吉布森代霍恩比夫人写了封信，邀请我明天去她家共进晚餐。一个小时前我刚回完信接受了她们的邀请。”

“这难道就是你说的‘没有什么事儿’吗?”桑戴克惊呼道，“哀哉！悲哉！这个时代早就没有什么骑士精神了。你当然得去赴约了，验尸的事儿我一个人去就行。”

“明天要是去了那儿，那晚饭前就赶不回肯辛顿了?”

“当然，肯定赶不回肯辛顿。那班火车很奇怪，恐怕要到凌晨一点才能赶回十字车站。”

“我得给吉布森写封致歉信，告诉她我无法赴约了。”

“是我的话，就不会这样做了，”桑戴克说道，“首先她肯定会很失望，而且你真没必要为难自己。”

“你不用再劝我了，我这就写信去了，”我语气坚定地说道，“我身为你的助手，一直以来却无所事事，白白领了这么多天的工资。我实在感到过意不去。现在终于有机会为你实实在在地做点事儿了，我可不会轻易放过这机会。”

听完我的话，桑戴克放声大笑道：

“我可爱的老伙伴，你爱怎么着就怎么着吧。不过别以为你自己是在白拿工资。你要是仔细分析一下鲁宾这个案子的进展，就会发现自己在其中所起到的惊人作用。我敢保证，你的价值远远高于我给你的那丁点儿薪酬。”

“你能这样说我真是太开心了。”原来我的工作是有实际价值和意义的，而非我之前认为的那样只是桑戴克的施舍，想到这里我感到十分欣慰。

“这当然是事实啦，”桑戴克说道，“既然现在你放弃约会了，那就过来帮我处理这件案子。我先嘱咐你几件事儿。虽然之前我说过了这件案子看起来很简单，但你也千万不要想当然地认为这是个简单的案子。这封律师信介绍了现在所掌握的所有事实证据。书架上也有法医学专家卡斯珀、泰勒、盖伊和费里尔等人的专著，此外我还会介绍另外两本实用的书籍给你。我需要你根据这些书籍找出跟这件案子有关的重点，并且逐条分类。我们要做到万无一失，每一种可能性都要考虑到。这不是浪费精力，你要想到，即使以后用不到这些知识，经过调查研究之后，你也能受益匪浅了。”

“法医学专家卡斯珀和泰勒年纪都已经很大了吧，他们的书会不会有些过时了？”我质疑道。

“自杀也是个老问题了，难道这个问题已经过时了吗？”他冷冷地反驳道，“那些老专家们具有丰富的经验，忽视这些经验就是重大的损失。先人的智慧不比现代人的智慧差。悉心学习卡斯珀和泰勒的著作，你必定会大有收获。”

得到桑戴克的指示之后，我把当天剩下的时间都用在研读关于自杀的各种著作上了。人类结束自己生命的方式真是千奇百怪，这把我深深地吸引住了，激发了我的兴趣。这让我对如何破解现在这件悬而未决的自杀案非常感兴趣。然而跟研究自杀相比，让我更为之投入的事儿还是给吉布森写信。虽然有任务在身，不过我还是抽空给她写了一封长信，事无巨细地向她解释了无法赴约的缘由。为此，信中我甚至还特意提到我们办案回来之后的时间。我一点儿也不担心她会生气，她清楚原因后肯定会支持我的决定。不过让我真正高兴的是，我有机会在信中向吉布森娓娓道来我生活里的种种细节，犹如在她耳边述说着亲密的情话。

第二天的验尸结果显示，这只是一起再寻常不过的自杀案件。这多少令桑戴克和我有些失望。桑戴克之所以失望，是因为收了那么一大笔佣金却只做了这么一点事儿；而我失望，是因为花了那么多时间学到的知识却没有用武之地。

当我们搭上回程的火车，在座位上盖上厚厚的毛毯后，桑戴克开口说：

“这的确是一起索然无味的案件，当地的律师完全有能力处理。不过这也不算是浪费时间。要知道，我经常忙上很多天却没有分文报酬，甚至得不到任何认可。所以，偶尔有一些丰厚的无功之禄，我也是不会抱怨的。而你，我觉得肯定也收获了不少关于自杀的宝贵知识。培根有句话说得特别好——‘知识就是力量’——这是亘古不变的真理。”

听完桑戴克的话，我没有作声，只是默默地点上了烟斗，在火车的摇晃中昏昏欲睡。桑戴克也静静地点上了烟。就这样，我们俩一言不发地抽着烟，睡意越来越浓。火车到达终点后，我们拖着疲惫的步伐走上月台，在冷风中打着哆嗦，哈欠连天。

“唉，”桑戴克把毛毯裹在肩上感叹道，“凌晨一点一刻，真是个悲凉的时刻。看看咱们这些可怜的乘客在寒风中是如此的凄凉。咱们接下来是坐车还是走路？”

“我觉得我们还是快步走路回去吧。在火车上蜷了这么久，脚都麻了，快步走走正好促进一下血液循环。”我建议道。

“正合我意，”桑戴克赞成道，“出发啦，向前进，向前进！哈哈，这感觉真像是扛着枪在追赶猎物。还有一些人就是喜欢艰苦折腾的生活，你看，那辆自行车的齿轮可真够大的，骑那玩意儿可会累得够呛。”

我顺着他指的方向看去，路边停着一辆自行车，车上的齿轮特别大，大概是 90 号的大齿轮。应该是一辆公路赛车。

“也许车的主人是个爱骑快车的人，或是一个业余的自行车赛车手，”我说道，“到了晚上，趁路上没什么人的时候出来练练。”我四下里张望了一下，并没有看到自行车的主人，只有这辆自行车孤独的身影。

十字车站一带的人通常睡得很晚，夜生活很是丰富。现在已经是凌晨一点多了，街道上还可以依稀看到一些人影。整条街上光线阴暗，只有街灯的微光，以及远处电灯传来的微弱光线。在阴暗处隐约可以看到夜贼鬼鬼祟祟的身影，像是夜猫子一样，时而蹑足前行，时而左右窜动，偶尔发出吱吱的刺耳声。

我们可不愿意在这种环境下逗留太久，于是加快步伐走出了这一区域，走进了格雷学院大道。这条大道则是异常的安静，显得很是阴沉凄凉。穿过这条路，我们转而向西直行。当经过曼彻斯特大街的时候，附近传来了一阵嬉笑打闹的声音。听声音应该是前面有一群人在彻夜狂欢。我们越往前走，声音就变得越清晰。不过由于深夜天色太黑，所以也只能听见其声音，一直看不见人群的样子。直到我们走到了西德茅斯街，才看到这群狂欢作乐的酒鬼。他们大概有七八个人在一起，一副地痞流氓的样子。显然他们现在都喝高了，兴奋得手舞足蹈。他们在经过伦敦皇家自由医院的时候，还疯狂击打医院大门。在医院大门前撒完野之后，这群人便穿过马路，朝我们这边走来。看到这种情形，桑戴克即刻抓紧我的手臂，拉着我放慢脚步。

“让他们先走，”桑戴克小声说道，“这三更半夜的，咱们最好跟这群流氓地痞保持足够的安全距离。我们最好绕到希思科特路，再从梅克伦堡广场那边走回去。”

于是我们拖着缓慢的步子走到了希思科特路，拐入了梅克伦堡广场。接着，我们加快步伐恢复了之前的前进速度。

“‘地痞流氓’这个词涵盖了各种各样的人，”当我们快步穿过寂静的广场时，桑戴克开口说道，“有当众实施抢劫的人，有被雇用的杀手，有自认为是在替天行道、为民除害的犯罪分子。看，这个时间吉尔福德大街上还有个骑自行车的人。不知道他是不是就是火车站那辆自行车的主人。如果他真是从火车站骑过来的，那他肯定跟那群流氓地痞碰过面，勇气可嘉啊。”

说话间，我们刚刚走到了道提街的街口，此时那辆自行车正好穿过对面的街口。我们拐进吉尔福德大街后想看看那骑车人还在不在，可是灯光明亮的街道上早已不见了骑车人的身影。

“我们最好直走，走奥巴德路。”桑戴克说道。

于是我们径直走入了这条狭窄的旧街道。夜深人静，小巷中只听得到我们脚步的回响声。脚步声重重叠叠，就好像有群看不见的人在追赶着我们，让人感到紧张不安。我们一路埋头前行，竟然莫名其妙地走到了约翰大街。

“走在布鲁姆斯伯里区，周围的旧街道总让人倍感悲凉，”桑戴克幽幽地说道，“往日的雄伟壮丽如今却变得破旧不堪。这不禁让我联想到那些之前享受过荣华富贵的贵妇人，如今却沦落成了生活清贫、年老色衰的老妇人了。听！什么声音！”

突然我们身后传来砰的一声，声音虽小但很清晰。接着前方一楼的一扇玻璃窗便应声碎裂！

看此情景，我们吓得一动不动，整个身体都僵住了。我们斜着眼睛使劲朝着身后传来声响的地方看了看。静止的状态持续了几秒钟，桑戴克立刻转身，抬腿朝着马路的斜对面跑去，我也即刻跟在后面冲了过去。

刚才身后传来声响的时候，我们刚走出了约翰大街约四十码的距离，也就是走到了跟亨利大街的交会处。现在我们已经在约翰大街上往回跑了一大段路，在一个街角处停了下来。我们朝马路两边望了望，没有看见一个人，也没听见有人逃跑的脚步声，周围一片寂静。

“那声音肯定是从这边传来的！”桑戴克说道，“咱们看看去！”说完他又起身向前跑。

向前跑了几十米的距离，桑戴克看到街道左边有个马厩便转身冲了进去，并给我打了手势让我继续往前跑看看前面的情况。没跑几步我便到了这条街道的尽头。尽头的左边是一条狭长的巷子，跟马厩的方向平行。当我走进巷子，朝着巷子远处望去时，只见一名男子正骑着自行车，朝着詹姆斯街的方向骑去。骑车动作十分敏捷，而且行驶的过程安静无声。

我立刻大声喝道："别跑，浑蛋！"起身狂追。虽然那名男子蹬车的样子很是优哉，但自行车前进的速度是非常之快，远超出我追赶的速度。我意识到这肯定是因为他的自行车齿轮尺寸比较大的原因，同时我回想起刚才在车站旁边停放的那辆自行车。这家伙一个转弯便消失在詹姆士街的黑影当中了。

再这么奔跑追下去也是白费力气，于是我气喘吁吁地转身往回走去。我很少这么激烈地奔跑，现在身上的衣服都被汗水浸透了。等我回到亨利大街后，桑戴克也从马厩里走了出来，看见我他便停下了脚步。

"是骑自行车的？"我走上来后，桑戴克立刻问道。

"是，"我回答道，"自行车用的至少是 90 号的齿轮。"

"原来如此，那家伙肯定是从火车站一路跟我们过来的，"桑戴克随即又问道，"你注意到他带着什么东西了吗？"

"当时他手上拿了一根拐杖。其他别的就没看见了。"

"什么样的拐杖？"

"看得不是很清楚，不过看样子挺粗挺结实，像是种藤杖，带手把的。他骑过一盏街灯时，我刚好看到的。"

“他的车上装的是什么样的灯？”

“没看到，不过他最后拐弯的时候，我看到他车灯的火苗特别小，特别暗。”

“他肯定是在车灯玻璃的外罩上涂了点儿凡士林或煤油什么的，那样会大大降低亮度，”桑戴克说道，“在这种满是尘土的大街上光亮会更小。瞧，玻璃碎了，屋主现在也出来了。他一定很想搞清楚这到底是怎么回事儿。”

在约翰大街的路上，只见一个男人正在他家大门口的石阶上，焦虑地四处张望。

“两位先生，请问你们知道刚才发生什么事儿了吗？”他指着满地的玻璃碎片问道。

“是这样的，”桑戴克回答道，“事发时我们刚好路过这里。不过我十分怀疑那一枚像是子弹的东西是冲我们打来的。”

“天啊！”那男人又问道，“那你知道是谁干的吗？”

“这我也没看清楚，”桑戴克回答道，“那个人骑着自行车，飞快地骑着车跑了，我们根本追不上。”

“是吗？”男人有些怀疑地问道，上下打量了一下我们，然后说道，“骑着自行车跑了？够怪的呀。那么他是用什么东西作案的呢？”

“这也正是我想调查的问题，”桑戴克说，并用手指了指面前这座房子，“这房子是空着的？”

“是啊，正等着租出去呢。我是这儿的管理员。既然房子是空着的，那人干吗要打碎玻璃窗呢？”

“那是因为，”桑戴克回答道，“那个像是石子或是子弹的东西瞄准的是我，是朝我打过来的。我想确认一下那到底是个什么东西。能不能允许我到这房子里面找找看？”

管理员显然不愿意让我们进去。他用怀疑的目光反复打量了桑戴克和我好一会儿，才勉强打开了大门，没好气地让我们走了进去。

大厅门口的壁龛放着一盏煤油灯，管理员关上了大门，将煤油灯提在了手上。

“就是这间屋子，”他插入钥匙，打开房间的大门，然后说道，“有些人说这间房子是书房，实际上之前这是一间会客室。”

走进房间后，他把煤油灯举过头，照着这窗户，眼神里流露出了一丝恐慌。

桑戴克迅速地将目光转向地板，朝着子弹当时飞来的方向看去，随即问道：

“墙上有没有什么印记？”

桑戴克指窗口向正对的那面墙说道。不过很明显，从子弹射入的角度来看，最后根本不可能打到那面墙上。我正想开口说明，忽然想到桑戴克不喜欢在办案的时候有人插话，便把要说的话马上咽了回去。

管理员好奇地走近墙面，举着煤油灯仔细地检查起了墙面的情况。此时，趁管理员不注意，桑戴克迅速从地上捡起一样东西，然后悄悄地揣进了兜里。

“这上面一点儿痕迹都没有啊！”管理员一边用手摸着墙，一边说道。

“那最后打到的可能是这面墙吧。”桑戴克指着旁边带有壁炉的那面墙说道。

“是呀，应该是这面墙。那东西是从亨利大街射过来的，应该打到这面墙上才对。”

管理员走了过去，再次举起煤油灯照着那面墙上查看了起来。

“对的，找到啦！”管理员兴奋地叫道，一副欣喜若狂的样子。墙上有个小小的凹痕，表面的壁纸已经凹下去了，露出了墙面的灰泥。“真的像是子弹打出来的，不过你之前说并没有听到有枪声啊。”

“是没听见枪声，”桑戴克回答说，“不过也可能是用弹弓打过来的。”

管理员把煤油灯放到了地上，弯下身子开始仔细地在地上寻找起落入房间的子弹。我们俩也趴在地上参与起了寻找。看见桑戴克认真寻找的样子，让我忍俊不禁——要找的所谓的“子弹”早就揣进他兜里了。

正在我们埋头寻找之时，大门外忽然传来了一阵急促而猛烈的敲门声。

“我猜是巡逻的警察来了，”管理员低声抱怨道，“用得着这么敲门吗？大惊小怪的。”

于是他拿起煤油灯走了出去，只留下我和桑戴克孤身立在一片黑暗之中。

“要找的东西我已经找到了。”管理员走开后，桑戴克开口跟我说道。

“刚才我已看到了。”我回答道。

“不错嘛，你的观察力很敏锐啊！”桑戴克夸道。

管理员猜得也没错，这东西应该就是用弹弓打进来的。他提着灯回来的时候，旁边多了一位身材魁梧的警察。他向我们微笑致意，并用很不屑的眼神扫视了一下屋子周围。

“小毛孩儿干的事儿，”他看着满地的玻璃碴说道，“这帮毛孩儿就喜欢惹是生非。这位先生，听说事发的时候你刚好路过，是这样吗？”

“是的。”桑戴克平静地回答道，并向这位警察简单地描述了当时的情形。警员一边听着，一边做了笔录。

做完记录之后，警员说道：“那帮毛孩儿要是真有弹弓，几条街恐怕都会被他们给整醒。”

“你应该抓几个，让他们坐坐牢！”管理员恶狠狠地说道。

“抓进去坐牢？”警察一脸厌恶的表情，高声感叹道，“还没抓进去，在法庭上那些法官们就会先给这帮毛孩儿婆婆妈妈地教育一番，让他们今后好好地做乖乖仔，不要再惹是生非了。然后，法官还会从捐款箱里掏出五先令买本《圣经》送给他们。这帮流氓怎么可能去读《圣经》。要我说，我们警察就是他们的《圣经》。”

说完，他把笔记本用力地塞回了口袋，抬步走出了大门。随即，我们也跟着走了出去。

“哪天你大扫除的时候或许会找到那个丢进来的东西。到时你最好把它交给我。就这样吧，先生们，晚安了。”

说完，警察便走向亨利大街继续他的巡逻，而我们则重新踏上了回家的路程，一路向南。

“你干吗要把那个被丢进去的东西藏起来呢？”走在路上我开口问道。

“一部分原因是我不想跟那个管理员讨论这个东西，”桑戴克回答道，“不过主要是因为我就猜到巡逻的警察看见这个房间亮灯就会过来盘问这件事儿。”

“就算过来盘问又怎么样？”

“盘问的话，我就只能把这东西交给他了。”

“为什么不给警察呢？这东西有什么让你特别感兴趣的吗？”

“是的，这东西现在让我特别感兴趣，”桑戴克笑着回答道，“虽然我还没有仔细查看这个玩意儿，不过我心里已经有了一种推断。在把真相告诉警方之前，我还想亲自验证一下我的推断是否正确。”

“那我能不能提早知道这一真相呢？”我问道。

“当然，只要你回去之后还不困的话。”他说道。

回到家后，桑戴克吩咐我点亮煤气灯，把桌子的一边清理干净；而他自己则回到实验室拿工具了。我把桌布铺好，然后将灯的位置调整好，让其光线能够充分照到桌子的这边，然后我便坐在桌边安静地等候着。不一会儿，桑戴克就下楼了，手里拿着一把小钳子、一把金属锯子和一个广口瓶子。

“这瓶子里装的是什么?”看见瓶子装着个金属物，我问道。

“这就是那个击碎玻璃的东西。我先把它放在蒸馏水里洗一洗，一会儿你就知道我为什么要这么做了。”

他拿起瓶子轻轻地摇了一两分钟，然后用镊子夹起里面那个东西，沥干上面的水后，小心翼翼地把它放到了一张吸墨纸上。

我探过身子，带着浓厚的兴趣仔细地看着这个东西，而桑戴克也正以同样的目光盯着我看。

“我说，伙计，”桑戴克开口问道，“你看出什么眉目了吗?”

“这是块铜质的圆柱体，”我回答道，“大概两英寸左右长，比普通的铅笔要粗很多。其中一端是圆锥形的，锥形顶端有一个小洞，可能是用来放钢珠的；另一端是平的。两端中间有一小块方形的凸出物，像是调手表用的工具。另外，我注意到，靠近平的这端，其侧面有一个小孔。这东西我看像是个小型弹壳，里面应该是空的。”

“里面的确是空的，”桑戴克说道，“刚才当我把它沥干的时候，你一定已经注意到了，水是从尖头那端的小孔里流出的。”

“对，我就是注意到了这一点。”

“那么，现在你把这东西拿起来摇一摇。”

在摇的时候，我感觉有个沉重的东西在里面晃动。

“里面好像有什么东西，”我说道，“而且跟外壳贴得很紧，只有在上下摇动的时候才会跟着晃动。”

“确实是这样，你说得很对。那现在你能告诉我这到底是什么东西了吗?”

“我猜这是个微型炮弹或是一颗子弹。”

“不对，”桑戴克说道，“你这是循规蹈矩的推理，可惜并不正确。”

“那这到底是什么呀？”我不由得大声问道，心中更加好奇了。

“让我来告诉你吧！”桑戴克说道，“这东西跟子弹比起来可要精密得多。子弹跟它相比简直就是粗糙不堪。这东西设计得十分精妙，打造得也很是精致。我们的对手是个厉害的角色。”

桑戴克对这位“刺客”的钦佩之情溢于言表，看到他那样子我忍不住笑出声了。桑戴克意识到自己刚才的表情后，也带着歉意微笑地说道：

“我并不是赞同他的行为，而只是对其专业水平的钦佩。他这样高智商的罪犯才配我来调查。说到底，这帮人是我的衣食父母啊。对于一般的犯罪，普通的警务人员就足够应对了，哪儿还用得上我啊。”

说完，他先用纸巾把这个东西卷起来了一部分，用钳子夹住纸巾包住的部分，然后拿出金属锯对准中间的位置开始锯了起来。因为不能破坏里面的部分，所以他锯得十分小心谨慎，用了好一会儿才锯完。最后外壳终于被切开了，内部的东西也露了出来。桑戴克带着一脸胜利的微笑，用钳子夹着那东西拿到了我的面前。

“现在你知道这是什么吧？”他兴奋地问道。

我把这东西接了过来，拿在手中仔细地查看。然而看完之后我更加困惑了。外壳里面是一根半英寸长的铅质柱体，这根柱体跟外壳贴得很紧，但能够自由地上下移动。之前在外壳尖端上看到的小孔里的钢珠，从里面来看实际上是一条细钢丝的末端。钢丝大约有一英寸长的部分是藏在弹壳内的。从里面看外壳的尖端，其材质其实也是铅的。

“怎么样?”桑戴克见我一声不吭，便再次问道。

“要不是你说这不是，”我回答道，“我肯定就断定这是颗子弹了。铅制的圆柱体连接着药筒火帽，子弹飞行中遇到阻碍，首先接触到障碍物的肯定是顶端的钢丝线。”

“推测得很好，”桑戴克说道，“目前为止你的推测都是正确的，子弹发射的原理确实就是这样。但你看，这根细钢丝遇到障碍后被挤压入外壳内一英寸的位置。现在我们把它拉出来看看它原本的样子。”

说着，桑戴克便拿来一把平锉刀对着钢丝的尾端用力往外推。钢丝慢慢地从尖端的洞口伸出来了一英寸长。然后桑戴克又把这个东西递到我的手上。

看见钢丝的尖端，我才恍然大悟，同时吓得长呼了一口气。原来这可不是一根简单的钢丝，它是根精细的管子，顶端极其尖细。

“真是个没人性的家伙!”我大声呼道，“这可是注射器的针头!”

“是的。准确地说这是兽医用的针头。这针孔要比普通医用的要大。现在你应该看到这东西的精妙之处了吧。要是那家伙运气好点儿，还真能射中我们。”

“哟，那家伙失手了你好像还很遗憾啊！”我笑着说道，桑戴克对于这杀手的态度真让我摸不着头脑。

“这倒不是，”桑戴克回答道，“虽然我一向喜欢单打独斗，但是再独立能干的人也没有办法给自己验尸啊。我只不过是赞叹这精巧的设计。现在通过这件玩意儿我们便能推测出案发时的具体情况了。这东西是用高压空气枪打出来的，枪的外形跟拐杖很像，而且配有一个压力泵和一把钥匙，枪管内装有膛线。”

“这些你是怎么知道的？”我好奇地问道。

“首先，针头的一端应该是朝前的，否则这东西就没有意义了。我之所以说枪管内有膛线是有原因的。你看看那个外壳的底部附近有一个方形的突出物，显然是用来跟枪内的垫圈或是弹塞相接的。空气枪的空气压力推动膛线圈，给子弹带来旋转的动力。当子弹出膛之后，弹塞随之脱落，子弹便自由地飞了出去。”

“哦，我明白了。我之前就是一直搞不懂那块突起的东西是干吗用的。就像你说的，这东西设计得实在是精妙。”

“相当精妙啊，”桑戴克激动地说道，“整个装置都设计得相当精妙。我之所以逃过一劫，实属侥幸。如果当时没有你在我身边，或者他靠得更近一些，最后他恐怕就不会打偏了。后果真是不堪设想。那你现在知道他本来计划怎么行凶的了吧？”

“大概清楚了，”我回答道，“但我还是想听你讲讲他行凶的过程。”

“首先，这个家伙先要知道我回来的时间。很显然，事实表明他很清楚我回来的时间。于是他算好时间，躲在车站等我下车。他在那颗子弹的柱体内注入碱性毒液。注入毒液的过程很简单，他只用把针头插入毒液，然后将活塞接在柱子的底部，抽动活塞毒液也就随着针管流入柱子了。活塞会涂上凡士林以防止毒液外流，柱子的外层也涂有凡士林，这样毒液便不会发生意外泄露了。我下了火车之后，这个家伙就跟踪上我了。等我走到了僻静的地方，他便看准时机开始行凶了。他开枪的时机并不确定，可能会是在朝我走来的时候，或是跟我擦肩而过的时候，或者潜伏在某个转角突然看见我的时候，总之开枪的距离会很近。射中哪个部位都无所谓，因为只要射中便可以置我于死地。所以他会选择最容易被击中的地方，也就是我的背部。当子弹从枪膛中射出，穿透了我的衣服，打到了我的皮层之后，因为阻力子弹停止了前进。然而，此时毒液还会由于惯性继续向前流动，从而注入我的体内。子弹注射完毒液便完成了自己的使命，随后悄然落地。

“与此同时，开枪的人已经骑上自行车，扬长而去。我感觉到后背被扎了一针以后，立刻起身狂追，根本不会想到要去捡那颗子弹。当然，我跑步的速度是不可能追上一辆公路自行车的。中毒后运动得越剧烈，毒性发作得就越快。于是我没跑多远毒性开始发作，很快便倒地失去了直觉。随后，路过的人发现了我的尸体。我的尸体上没有任何扭打的痕迹，被扎的针眼在尸检的时候一般也不会被发现。最后我的死因会被认定为心脏病发作。但即便尸检的时候发现了我背上的针眼和中毒的体征，也没有其他任何线索可以追查下去。子弹落在离我尸体几条街的地方，陌生的路人或是小孩看到后可能就捡走了。他们也猜不出这东西是干吗用的，更不可能会把这东西和暴尸街头的我联系在一起。你看，这杀人计划考虑得极其周密，每一步都算得相当精准！”

“确实如此，”我点头回答道，“真是个阴险、狡猾、没人性的家伙。那你觉得这人会是谁呢？”

“这个嘛，”桑戴克略作停顿后说道，“首先你要知道，这个世界上如此聪明的人本来就不多。而在我认识的聪明人当中，现在想置我于死地的也就那么几个人。所以，我已经有了一个很靠谱的推测。”

“那你现在打算怎么办？”

“目前我的态度首先要跟以往一样自然，不能打草惊蛇，同时我要避免夜间外出。”

“不过你还是得采取一些保护措施啊，说不定接下来还会有其他的刺杀行动！”我焦虑地说道，“我猜那次你在大雾里的意外肯定也是他的蓄意谋杀。”

“那件事我虽然说得轻描淡写，但我心里很清楚，想法跟你一样。但现在我还没有足够的证据来证明凶手就是他，所以表现出对他的怀疑肯定会打草惊蛇。所以，我现在要做的就是继续保持沉默。那个家伙是不会善罢甘休的，他等到时机成熟肯定还会企图来谋杀我，那时他肯定会露出马脚，让我逮到关键的证据。到那时我们再找到空气枪、自行车、毒液以及其他的证据那就百分百可以定他的罪了。现在的证据还不能完全证明他的罪行。好了，咱们今天就到这里吧，不然明天什么事儿都做不了了。”

第12章　悔之莫及

还有一个星期就要开庭了，也就是再过八天，谜底将会揭晓。届时鲁宾要么成为阶下囚，要么重获自由，为自己洗清罪名。

这几天桑戴克一直把自己关在实验室里，几乎足不出户。用来做微生物实验的小房间也一直上着锁。好奇的博尔特因此感到非常焦躁。更让博尔特受刺激的事，是他还看见安斯提从那个神秘的房间走了出来。博尔特忿忿不平地告诉我，安斯提走出房间的时候还咧着嘴在笑，很是开心，而且还兴奋地搓着双手，一副心满意足的样子。

我最近跟安斯提碰过几次面，而每一次的碰面都让我对他的印象更好了。虽然他表现得放浪不羁，但他的内心稳重踏实，还明察秋毫。此外，与他的相处过程中，我还发现他知识渊博，品行高尚。他对桑戴克的景仰之情无以言表，他们可谓是亲密无间，完全能够相互理解和体谅。

虽然我对安斯提充满好感，但有些时候他的来访让我开心不起来。这天清晨，我一个人正在卧室写信。当我抬起头望向窗外的时候，看到一个人沿着王厅街穿过碎石子路，朝着我们这边走来。此人正是安斯提，显然他是要来我们这坐一坐了。但此时我正在等候吉布森，这个时间段桑戴克恰好也出门去了，正是我千载难逢跟吉布森独处的机会啊！虽然离吉布森到达的时间还有半小时，但谁知道这个安斯提要在这儿待多久呢？我如果刻意回避他又会显得很是尴尬。于是我心中纠结不已，乱作一团。我看我自己已是病入膏肓了，表面上还假装一副镇定的模样，在这里自欺欺人。

一阵急促的敲门声打破了屋内的寂静。我打开门，只见安斯提大摇大摆地走了进来，看样子他在这儿不待上个一个多钟头是不会走的。他假正经地跟我握了握手，就自顾自地坐在桌边，卷了一卷烟，惬意地抽了起来。

“我猜，”安斯提开口道，“我这博学的兄弟肯定又在楼上搞些神神秘秘的东西，还是有事出门去了？”

“出门去了，他早上有个会，”我回答道，“你跟他约了要见面吗？”

“当然不是，如果约了的话，他就该在家等着我了。我只是顺道过来一趟，就鲁宾那个案子我有一个问题要请教一下他。这案子下星期就要开庭了。”

“是啊，桑戴克跟我说过这事。依你看，鲁宾是会被定罪，还是会被无罪释放呢？”

“这问题不是鲁宾会怎么样，而是我们能不能救出鲁宾。”安斯提回答说，接着他很是自信地拍了拍自己的胸膛。“当然，我们会保证鲁宾无罪释放。你就等着看好戏吧！我们届时会让对手们大吃一惊，让他们瞠目结舌。”安斯提看着手中的烟卷，发出了咯咯的笑声。

“看来你信心十足啊。”我说道。

“那当然，”他回答说，“桑戴克考虑过失败的可能性。如果失败的话，只可能是因为不巧碰上了一群白痴一样的陪审团，或是遇到了一个连简单的技术证据都搞不懂的法官。希望我们不会遇到这种倒霉事。如果没有意外，我们已是稳操胜券。哎呀，我是不是说漏嘴了，跟你说太多了？”

“你可比桑戴克要坦诚得多。”我回答道。

“哦？真的吗？”安斯提咋呼道，装作一脸焦虑的样子，“那你一定要替我保密啊。桑戴克确实守口如瓶，不过这么做也是对的。我也很佩服桑戴克声东击西的计谋，让对手防不胜防，然后出奇制胜。咦？我感觉你似乎不太欢迎我啊……要不你送我一支雪茄打发我走吧！我一时半会儿还没地方可以去呢。”

“给你来根桑戴克平时抽的那种雪茄？”我坏笑着问道。

“什么？那种烂雪茄我才不要！那种牛皮纸包的烂雪茄哪儿都能买到，我还不如自己抓把草烧着抽呢！”

于是我把自己的烟盒递给了他。他把里面的雪茄都仔细地闻了闻，最后慎重地挑选了一支。拿完雪茄，安斯提起身与我鞠躬道别，哼着一首轻快的小曲扬长而去。

他走后不到五分钟，门外传来了轻柔的敲击声。这温柔的敲门声让我一下子心跳加速，心脏怦怦直跳，都快蹦出胸膛了。我立刻冲了过去，打开了大门，只见吉布森已经站在了门前。

“我能进来吗？我想先跟你讲几句话。”吉布森请求道。

她看起来焦虑不安，跟我握手的时候她的手都是颤抖的。看见她这个样子，我很是担心。

“杰维斯，我现在非常不安，”她好像完全没看到我给她搬来的椅子，还是站着跟我说道，“劳里跟我说了一下他对鲁宾这个案子的看法，听他讲完我现在绝望极了。”

“劳里这该死的王八蛋！”我忍不住低声骂道，意识到自己的粗鲁，我随即也道了歉，“吉布森，你干吗要跟他见面呢？”

“不是我去找他，而是他自己来找上我们的。昨晚他和瓦尔特一起过来跟我共进晚餐，他对案子的态度可以说是悲观至极。饭后瓦尔特带着我和劳里来到一旁，并询问劳里对这个案子到底是个什么看法。劳里说：

“‘先生，现在我唯一能给你的建议就是：做好面对鲁宾被判严刑的心理准备。就我来看，你的堂弟，鲁宾先生肯定会被判有罪的。’

“瓦尔特说：‘不是还有辩护的机会吗？至少有些辩护证据吧？’

“劳里听完，耸了耸肩说道：‘我虽然有一些鲁宾不在场的证明，但这些证明对于整个案件没多大用处。面对指控，我们毫无反驳的证据。老实说，一点儿办法也没有，根本没有胜诉的可能。至今桑戴克那边也没有任何消息。我是觉得桑戴克根本什么事儿都没做。我真的是一点儿信心都没有了。’

“杰维斯，劳里说的是真的吗？请你告诉我实情吧！听完他说的这番话，我感觉既难过又害怕，一点儿精神都打不起来了。在此之前，我可满怀着希望，充满了信心。能告诉我，他说的都是真的吗？最后鲁宾真的会去坐牢吗？”

她颤抖的双手紧握着我的双臂，抬头望着我，双眼泛着泪光。她的样子楚楚动人，令人怜惜，又是那么充满魅力，令人着迷。看着她的双眼，我心里最后的防线都被融化掉了。

“那绝不是真的，”我拉过她的双手握在自己的手中，把声音压得很低，努力控制着我心中翻江倒海的情绪，“如果他说的是真的，那么岂不是我之前跟你说的都是谎言，岂不是在欺骗你的友谊？要知道，你的这份友谊对我来说可比任何事情都重要！”

听我说完，她的身体微微一颤，撒娇似的向我靠近了一些，带着歉意温柔地说道：

“你不会真的生我的气吧？我真是太愚蠢了，之前你都跟我说明案情了，我竟然还听信了劳里的一番话。你可能觉得我是对你缺乏信心。但是，你要知道，像我这样的弱女子没有像你一样的坚强和智慧，这么做也是情有可原。劳里说得太可怕了，听他说完我精神都快崩溃了。你可别生我的气啊，否则我可真是伤心透顶了。”

哦，我的女神！最后那句话简直让我心肝颤动，让我想为她掏心掏肺。我现在已经彻底拜倒在了她的裙下，我会毫无保留地向她倾诉我知道的所有秘密！不过狡猾的桑戴克把关键的信息藏得严严实实，我实在没有什么真正的秘密可以告诉她。

于是我调整了一下情绪回答道：

“生你的气？怎么可能啊！我可不会像桑戴克那样，老爱尝试一些不可能的事情。要是我真生你气的话，最受伤的肯定是我自己。你的行为无可厚非，错的在我，怪我自己自以为是，蛮横无理。你一个女孩子，听到那些话后肯定会害怕难过，这是最自然不过的事了。所以现在呢，就让我来帮你驱走心中的恐惧，重新找回信心。我之前跟你讲过，桑戴克曾对鲁宾说，他确信能够帮鲁宾洗刷罪名，还其清白。我觉得桑戴克的这番话就足够让你宽心了。”

“我也知道那番话就足够让我宽心了，”吉布森很是懊悔地低声说道，“请原谅我如此缺乏信心。”

“某人说的话你可能会更看重一些。半小时前，安斯提刚刚来过——”

“鲁宾的法律顾问，安斯提先生？”

“是的。”

“快告诉我，他是怎么说的？”

“他很有信心鲁宾会无罪释放，而且最后的辩护会让控方大吃一惊，措手不及。他跟桑戴克会面后看起来很是满意，并大赞桑戴克的才能。”

“他真的说能让鲁宾无罪释放？”吉布森声音颤抖，呼吸急促，有些喘不过气来，看起来真的有些神经衰弱。“终于可以松一口气了，”她喃喃自语道，紧张的表情却丝毫没有放松，“真是太感谢你了！”

说完她擦了擦眼角的泪水，并用力向我挤出了一个浅浅的微笑，可是突然之间她又号啕大哭起来。

看见她号啕大哭，我一下子懵了，本能地将她抱了过来，让她的头靠在我的肩上，用手轻轻地捧着她的头，在她的耳边胡乱地说着一些安慰的话。我已经不记得自己都说了些什么，但我记得肯定对她说过"亲爱的"，可能还有其他更过头的话。她慢慢地缓过神来，擦干了眼泪。她看着我，脸色绯红，有些害羞的样子，不过她的笑容是如此甜美迷人。

"真是太丢人了，"吉布森开口说道，"本是来咨询案情的，最后却在你怀里哭得像个孩子。但愿你的其他客户可不要像我这样啊。"

说完，我们俩相视一笑，刚才的尴尬随之化解。此时，我们才想起这次会面的目的。

"哎呀，我们在这里耽误太长时间了，"吉布森看着手表说道，"你说我们现在去会不会太晚了啊？"

"没事，应该不会太晚，"我回答道，"我们赶紧出发吧，鲁宾还等着我们呢。"

于是，我便拿起帽子，与吉布森一同快步踏出了大门。我们走在王座法庭的路上，两人都沉默不语。我踏着轻快的步子，时不时转头看着身边的吉布森。她的脸色羞红，当我们四目相对时，她的双眼闪闪发光，脸上也洋溢着温柔的笑意。我的心一下子就被触动了，内心沸腾的情感几乎快抑制不住了。我浑身都在紧绷颤抖着，极力克制着自己的情绪。我的心中在呐喊，我是多么想告诉她：我是那么地心甘情愿想成为她的俘虏，我是那么地爱她！她就是我梦中的女神，我的女王！世界上没有任何男人比我更爱她！然而，此时又有一个微弱声音在不断地告诫着我，告诉我不能背信弃义，提醒我还肩负着比爱情更为神圣、更为伟大的责任。

到了弗利特街，我叫了一辆马车。上车后我坐在了女神的身边，这时内心的声音提高了自己的音量，语气也变得严肃起来。

"克里斯多夫·杰维斯，"此时我的内心开口说话了，"你这是在做什么？你想做正人君子，还是卑鄙小人？可怜的鲁宾对你可是百分之百地信任，而你呢？鲁宾会把宝贵的爱情比自由，甚至荣誉看得更重，被你夺走爱情的鲁宾会痛不欲生。你这虚伪的小人，偷偷地在背后夺人所爱，还假惺惺地扮演着正人君子的角色！"

正当我进行激烈的思想斗争之时，吉布森妩媚地对着我笑了笑，盯着我问道：

"这位法律顾问，你是在想什么重要事情呢？想得这么入神！"

我这才从纠结中脱离出来，转过头来，出神地看着她那美丽的容貌——双眼明亮水灵，脸庞娇嫩无瑕，还有那动人的酒窝。她是多么可爱、多么让人着迷啊！

"赶紧醒醒，"我对自己说道，"我一定要立刻做个了断，否则我就该迷失自我了。"做这样的了断实在是太痛苦了，这种痛苦也只有我自己才知道。

“吉布森小姐，作为你的法律顾问，我正在反省自己的行为。我觉得我的一些行为已经超越了我的职责范围。”我说道。

“哪些行为呢?”

“本来一些应该严格保密的信息，我刚才却透露给了你。”

“但我觉得这些信息也算不上什么秘密啊!”

“看起来不是什么大秘密，但实际上这些信息至关重要。桑戴克之前跟我说过，一定不要让对手知道我们现在的情况。所以，他一直低调行事，默不作声。这也是劳里都还被蒙在鼓里的原因。而且桑戴克跟我透露的内容还没今早安斯提向我透露的多。”

“那你现在是后悔刚才跟我说这么多，觉得是因为我让你不守信用了，是吗?”

她语气平和，脸上没有一丝怒火，然而她的自责让我自惭形秽。

“亲爱的吉布森小姐，你是完全误会我了啊，”我赶紧辩解道，“告诉你这些秘密，我一点儿也不后悔。当时那种情形之下除了跟你坦白，也没有其他的选择了。不过我希望你明白，我的工作要求我有保守秘密的责任，我也希望你能恪守这个秘密。”

“我完全理解你的意思，”吉布森说道，“也请你相信，我是一个字都不会说出去的。”

对于她的承诺，我表示感谢。随后，我跟她详细地讲述了安斯提下午来访的经过，甚至连最后雪茄的事也都讲给她听了。

“桑戴克自己抽的雪茄有那么差吗?”吉布森好奇地问道。

“其实一点儿也不差，只是每个人的口味不一样而已，”我回答道，“桑戴克只有在消遣休息的时候才会抽这种方头雪茄，而且抽得非常节制。平时的话，他只抽烟斗，只有在忙完一整天的工作、疲惫不堪的时候，或是节日庆祝的时候，他才会抽上一支雪茄。他抽的那种雪茄可是上等货。”

“看来再厉害的角色也都会有弱点，”吉布森说道，“要是我早点儿知道桑戴克有这喜好就好了。之前有人送了霍恩比先生一大盒那种方头雪茄，但他试了一支不喜欢就把整盒送给瓦尔特了。而瓦尔特抽雪茄也不讲究，什么样的都可以抽。”

接着我们坐在车里东拉拉西扯扯，说来说去都是一些无关痛痒的事情。谈话变得越来越拘谨，彼此之间变得更加客气了。我拘谨得都有些夸张了，说话一直小心翼翼，生怕流露出了不恰当的感情。为了避免亲昵的举动，我故意坐到了对面，压抑着自己强烈的感情，整个人几乎都僵直了，这种感觉真是苦不堪言。

与此同时，吉布森对我的态度也随之有了相应的变化。开始吉布森只是有些怀疑与困惑，慢慢地她的态度变得越来越疏远，一副彬彬有礼的模样，谈话的时候也显得漫不经心。也许她意识到自己不该背着鲁宾跟我走得太近，又或许是我的冷漠让她意识到我根本就不喜欢她。无论她心里是怎么想的，我们之间的关系变得越来越疏远。半个小时的车程之后，我们从马车里走了下来，此时两人已是形同陌路，比最初见面的时候更显陌生。我们美好的友谊换来的却是一个悲惨的结局。在这纷繁复杂、彼此误解的情况下，除了悲剧还能有怎样的结局呢？胖狱警给我们开门的那一刻，我几乎精神崩溃地想冲过去，扑在他的怀里痛哭一场。探监结束后，因为吉布森要去牛津街买些东西，去那边需要改乘公共马车，所以我们便不会像往常一样一起坐马车回十字车站了。这对我来说也算是一种解脱。

我目送吉布森上了公共马车，一个人站在人行道上，依依不舍地看着那笨重的马车渐行渐远，逐渐消失于我的视野。我长长地叹了一口气，转过身向家的方向走去。我拖着沉重的躯壳走在路上，犹如行尸走肉。这条路之前已经走过很多次了，但是这一次的心境跟以往大不相同。

第13章　邮件谋杀

接下来的这几天是我人生中最痛苦的日子。自从丢掉医院的工作以后，我的生活就陷入了困顿失意，艰辛难熬，失望和窘迫伴随在我左右。为了生计我不得不从事一些索然无味而且非常辛苦的差事，对于未来看不到一丝的希望。但是，之前任何痛苦都比不上现在的悔恨之痛。我生命中最炽热、最珍贵的感情被我一手毁掉，再也无法挽回。像我这样虽然没有太多的朋友但用情很深的人，每次对待感情都会倾己所有，最后却留给自己一个被掏空的躯壳。我的爱倾注了我所有朴质的感情，这种爱就像是建在一座陵墓之上的一座穷寺庙，看起来简陋不堪，地下却埋着一座壮丽的宫殿。

我也找借口给吉布森写了一些信，她的回信语气坦诚而友好。她要是一般的女人，肯定会对我之前的行为破口大骂的。但同时，我也能感觉到，她回信的笔触跟之前相比有一些微妙的区别。这让我更加确定了我们已经分手的事实。

虽然表面上我极力掩饰自己的痛苦，让自己看起来乐呵呵的，而且尽量让自己忙得不可开交，但敏锐的桑戴克肯定还是察觉到了我身上的变化。桑戴克却一直没提这事儿，他只是和我的相处中稍稍有了一些变化，除了一如既往的随和，还多了一些关切和慰问。

与吉布森分开之后的几天，发生了一件令人不太愉快的事情。虽然不是什么好事儿，却舒缓了一下我和吉布森之间的关系，让我的注意力得到了转移。

那天我和桑戴克吃完晚餐后，跟平常一样各自惬意地躺在椅子上，一边抽着烟斗，一边讨论着我们共同感兴趣的话题。这时，邮差送来一大袋邮件和传单，倒出来的时候犹如雪崩一样。在一大堆信件里，我只找到了一封是写给我的。我打开信封一边看着我的信，一边时不时地朝桑戴克那边看去。他每次拆信前都有个奇怪的举动，要先把所有信封的正反面非常仔细地依次检查一番才会启开信封。

“桑戴克，”我开口说道，“我发现你在看信封里面的信件之前，总喜欢先研究一下外面的信封。虽然我也见过其他人有这么做的，但我觉得这完全是多此一举。打开信封，看一眼里面的信件就知道内容了，又何必反复看外面的信封呢？”

“如果只是想知道信是谁寄的，那么确实没必要这样多此一举，”桑戴克回答道，“然而，这样做是我多年来刻意养成的一个习惯。不止是对信件，只要是经我手的任何东西我都会仔细认真地观察一番。善于观察的人其实就是生活当中的有心人，他会时时刻刻留心身边的人和事。所谓的洞察力，对我来说，其实就是一种持续不停歇的注意力。以我多年的经验来看，观察信封有的时候还是相当有用的，能让我从中发现一些隐藏的线索和信息。再将这些信息与信件的内容联系起来，得出的结果就相当有价值了。比如说，刚才通过检查信封，我发现这封信就曾被打开过——看样子很明显，是用蒸汽打开的。你看，这个信封上有污渍，揉得皱巴巴的，还有一股发霉的烟味，所以可以断定，这封信曾跟主人经常使用的烟斗放在一起。信封可能是跟烟斗一起装进口袋里的。这封信为什么之前会被人拆开过呢？读这封信的时候，我发现这封信早在两天前就应该寄到我手里了，而且信上的日期还被篡改了。'13 日'被改成了'15 日'。由此可以得出的结论就是，帮主人邮寄信件的文员很有问题。"

"不过有可能是写信的人把信件装在自己烟斗的袋子里了。"我反对道。

"这几乎是不可能的，"桑戴克回答说，"首先，他没有必要用蒸汽打开信封再封上，这多麻烦啊。他可以直接把信拆了，重写就行了啊。但是他的文员可不能这么做。因为这是一封私人信件，内容都是主人亲笔所书，文员不可能模仿主人的笔迹。另外，我这朋友可是从不吸烟的。所以这种问题一眼就被识破了。现在给你看另外一封邮件，这封邮件的问题可就很难识破了。你先仔细看看，然后告诉我你的答案。"

说着，桑戴克递给我一个小包裹，包裹上有一条细长的标签，标签的字是用打字机打上去的。标签背面写着：詹姆斯·巴特利特公司，雪茄制造商，伦敦 & 哈瓦那。

接过包裹，拿起来翻来覆去地检查了一番，每个细小的地方都查过了，但我还是没有发现什么特别之处："这东西难度太高了，我实在看不出来哪儿有问题。除了打字机把地址打得乱糟糟的之外，对我来讲这是个再正常不过的包裹了。"

"无论如何你也算是有所发现，"桑戴克接回包裹说道，"现在让我们仔细系统地把这东西检查一遍，并做好记录。首先，我们来看看这个标签。这是个一般行李使用的标签，普通商店都能买到，标签尾部还系着细绳。然而，要知道厂商一般用的都是一些大标签，而且是系在包裹自带的绳子上。不过这些都还只是小事，关键是看看标签上的地址。就像你说的，上面的字打印得乱糟糟的。你对打字机了解多少呢？"

"可以说是一窍不通。"

"难怪你认不出这种打字机的机型。这个标签上的文字是用布林肯德尔菲（Blickensderfer）打字机打出来的。这是一种非常精密的打字机，但像打印标签这种粗活一般是不会使用这样的打字机的。现在暂且不讨论这个问题，我要说的重点是：布林肯德尔菲公司制造的多种型号的打字机中，有一款是专为记者以及其他文字工作者所设计的。那款打字机极为轻便，打印出来的文字最为清晰。这个标签上的字正好就是用这款打字机打出来的，如果不是同款打字机，至少也是同款活字轮。这条信息相当重要。"

"怎么看得出是用的哪款打字机呢？"我困惑地问道。

"根据这个星号就可以推测得出。这个星号是手误打错的，看得出来打字的人显然是个新手。他本来想按大写键，却错按了星号键。而只有在这款专门用于文字书写的打字机上才会有星号键，那是一种附带的符号键。我在之前逛打字机店的时候就注意到了。所以，我觉得这是一个非常不符合常理的现象，厂商为什么不用普通的商用打字机，而选择这种专业的文字打印机呢?”

“是啊，”我同意道，“真是很蹊跷的事情。”

“我们再来看看他打的这行字，”桑戴克继续说道，“打这些字的人绝对是一个新手中的新手。一行字里面，两个地方忘了打空格，总共打错了五个字母，还两次将大写误打成了星号。”

“是啊，打得这么乱七八糟的，真搞不懂他为什么不把这个标签扔了，重新打一张。”

“这个问题问得非常好，”桑戴克说道，“为了找到答案，我们得把标签翻过来，看它的背面。你看，背面的这公司名称不是直接打印上去的，而是打印在一张纸上，然后把纸片贴在标签上的。这种做法费时费力，厂商要是把所有包裹的标签都用这种方法贴肯定是脑子进水了。我们再来看看这个张纸。它的大小和标签吻合，但看得出是剪刀剪出来的。你看它的两边并不平整，显然不是刀片割的，而是剪出来的。”

说完，桑戴克把包裹递给我，并递给了我一个放大镜。透过放大镜，纸片两边不规则的地方确实清晰可见。

“不用说你也应该知道，”桑戴克继续说道，“如果是用机器裁剪的，那么纸片的两边应该非常整齐笔直。没有哪个商家会用剪刀剪的纸来做标签。这张纸是有人事先剪好，剪成标签大小，再粘到标签上去的。这么做不仅费时，而且非常麻烦，对于商家来讲更会增加成本。商家直接把名称印在标签上不就得了嘛，多简单的事情。”

“是啊，没错。不过我还是想不通，这家伙为什么不把标签丢掉，重新再打一张呢？”

“我们再来看看这张纸片，”桑戴克说道，“它褪色褪得相当均匀，像是被泡在水里浸洗过。我们先假设这张纸的确被浸洗过，那么它可能是从其他包裹上取下来的，而且那人手上只有这么张纸片。他可能是把之前的一个包裹浸泡之后，然后取下上面的纸片，晒干，再经过裁剪，最后粘到现在这个标签上的。如果他先将纸片粘上去贴在标签上，然后才去打印——这种情况也是很有可能的——那么即使打印得乱七八糟，他也不会冒险再浸泡将纸片撕下来重新打印，因为那样可能会毁掉这最后一张纸片。”

“所以你是怀疑有人调包了？”

“先不要急着下结论，”桑戴克说道，“通过这件事儿，我只是想告诉你，我们在检查邮件外部情况后可以发现一些宝贵的线索。好了，现在我们把它打开，看看里面到底装的是什么。”

桑戴克拿了把锋利的裁纸刀，拆开了外面的包装，只见里面是一个坚固的纸盒，纸盒外还用广告纸包了几层。打开盒盖，里面是一支巨大的方头雪茄，还有一层吸水棉包在雪茄外作为保护。

“是一支方头雪茄呀！”我惊呼道，“桑戴克，这可是你的最爱啊！”

“确实是我的最爱。但这里还有一件事情不对劲儿。如果我们放松警惕，可能就让它蒙混过关了。”

“说实话，我还真的看不出哪儿有什么不对劲儿啊，”我说道，“或许你会觉得我脑子笨，但我真看不出一家烟草商给你寄来一支雪茄烟样品有什么好奇怪的。”

“你还记得标签上是怎么写的吗？”桑戴克说，“不管怎样，我们还是看看传单上是怎么写的。看，它是这么写的：‘巴特利特公司在古巴有自己的种植基地，其出产的雪茄也都选自种植基地中的精选烟叶。’看到了吧，所以这家公司是不可能用西印度群岛的烟叶来做方头雪茄。一个在古巴种植烟草的厂商，却送给我一支用西印度群岛的烟叶做成的雪茄，这事儿真是太蹊跷了。”

“那你觉得这是怎么回事儿呢？”

“首先我们得仔细地检查一下这支雪茄。另外，我可以告诉你的是，这支雪茄绝对是难得一见的品种，不过就算给我一万英镑，我也不会去抽一口的。”说完，他从口袋里掏出一副高倍放大镜，先将雪茄表层仔细检查了一番，然后仔细查看了雪茄的两端。

“你来看看那较小一端，”桑戴克说着把雪茄和放大镜一起递给了我，“然后告诉我你发现了什么。”

我拿着放大镜，全神贯注地检查起雪茄整齐的表面。我把雪茄表面都仔仔细细地看了一遍后，说道：

“从一端的侧面来看，卷叶中心位置微微外张，好像有人用细铁丝穿过一样。”

“看来我们意见一致嘛，”桑戴克回答说，“那我们可以开始进行下一步的调查。”

他将雪茄放在了桌上，拿出一把锋利纤薄的小刀，用刀将雪茄从中间划开，整整齐齐地一分为二。

“快看！”雪茄从中间分成了两半，桑戴克指着中间露出的部分惊呼道。

我们全神贯注地盯着雪茄剖开的部分看着，专注得一句话都不说。距离较小的那头大约半英寸的地方，有一小圈儿白灰一样的东西，均匀地分布在烟叶里。显然这东西之前是用液体的方式注射到烟叶里的。

“我猜这又是那位天才杀手干的事儿，”桑戴克终于开口说道，他拿着放大镜仔细地看着雪茄中那白灰色的东西，“这家伙不仅做事谨慎周密，而且还很有创意。真希望他能把这才能用到其他方面去。他要是还要变本加厉地来害我，那我可就要好好地教育教育他了。”

“桑戴克，你可肩负着神圣的责任！”我情绪激动地说道，“这样没人性的畜生要立刻抓捕归案！那家伙是社会的祸害，谁知道下个受害者会是谁啊。你到底知不知道这寄信人是谁？”

“我应该猜得八九不离十了。你看，这回他就没那么小心了，留下了一两条线索，据此就可以判断他的身份了。”

“是吗？他留下了什么线索？”

“哈哈，我们先来思考一个小问题。”

桑戴克坐在了摇摇椅上，点上了烟斗，神色惬意，就好像是在闲聊家常一般。

“你想想，这家伙都给我们透露了哪些关于他自己的信息。

首先，我们要弄清楚他为什么急于置我于死地。是为财吗？应该不可能。我可不是什么有钱人，况且我的遗嘱内容也只有我自己知道，就算我死了他也分不到半分钱。是因为私人恩怨吗？那就更不可能了。我这人跟别人根本没什么私人恩怨。那么，就只剩一种可能了，那就是与我的职业工作有关，也就是跟我调查办案有关。现在，我参与了一项探查和挖掘尸体的工作，这项工作最后的调查结果可能作为证据指控某人谋杀；然而，即使我今晚不幸遇难，我的死对于这个案子也不会有太大的影响。因为还有斯派瑟教授和其他毒理学专家来替我完成接下来的工作。同样，我手上还有一两件案子，也可以交给别人去调查，最后的结果都是一样的。因此，我觉得这家伙之所以要置我于死地跟这几件案子无关。他想杀死我，是因为他觉得我手上有可以指控他的证据，而且这个证据只掌握在我手中。他认为我是这个世界上唯一怀疑他，且能够拿出证据定他罪的人。我们先假设，确实有这么一个人，而且只有我掌握了他的犯罪证据。那么，这个人在不知道我已经将证据告知第三者的情况下，肯定会想方设法将我除掉，以求自保。

“根据以上分析我们可以得出：这个给我寄雪茄人很可能认为只有我掌握了他的犯罪证据。

“还有一点更有意思。既然我是唯一怀疑他的人，那我肯定没跟别人说过我的怀疑，否则其他人肯定也会怀疑他。可是既然我没有跟别人说过，他又怎么知道怀疑他呢。显然，他掌握着我所不知道的信息渠道。总而言之，我的怀疑应该是正确的，不然他也不会如此狗急跳墙了。

“其次，他选的也是一种并不常见的雪茄。为什么他会送方头雪茄，而不是巴特利特公司生产的像哈瓦那样的常见雪茄呢?基于我这一偏好，他故意送的就是方头雪茄，以免我转手送人。由此可以推断出，这家伙对我的生活习惯是有所了解的。

“第三，就是这个家伙的社会地位。我们暂且把他称为X吧。巴特利特不会随便把广告和样品寄给普通大众，他们要么是寄给品烟的专家，要么是寄给一些权贵人士。虽然这个巴特利特邮寄来的包裹有可能是被哪个文员或是用人调包私吞了，但最有可能的情况是X本人收到了包裹后做了手脚，然后邮寄给了我。因为雪茄中的碱性剧毒不是一般人能获得，所以只有可能是X本人拿到包裹后做的手脚。”

“要是这样的话，X要么是一个药剂师，要么就是个搞化学的。”我推测道。

“那倒不一定，”桑戴克回答说，“现在政府对毒药的监管很不健全，只要是懂点儿毒理知识，又有点儿钱的人，都能获得他想要的毒药。但刚才说到的社会地位是个关键线索，我可以推测，X至少是位中产阶级。

“第四，就是X的能力素质。单凭这件事就足以证明他聪明过人，而且博学多识，可以说是富有创造力、足智多谋的一个人。这支雪茄的设计很是巧妙，采取了一种特殊的做法，很有先见之明。他之所以选择这种雪茄，显然有两个原因：第一个原因是，这种方头雪茄对被害人最具吸引力，能诱使其尽快吸食；第二个原因是，抽这种方头雪茄不用把末端剪掉，可以直接点燃就抽，这样里面的毒药就不会被发现。而且根据这支雪茄，看得出 X 对化学还颇有研究。X 并没打算指望被害人的唾液来溶解雪茄中的毒液，从而吸食进去。实际上，雪茄末端点燃后，热气会随着吸食流到较冷的另一端，热冷空气交汇形成水珠，毒药随之溶解，变成液体流入口中。X 对这种毒药的掌握以及其精心设计，让我不得不觉得他就是那天晚上向我开枪的单车骑士。雪茄中的毒药是一种白色的非晶体，那天子弹中的毒药也是一种白色的非晶体的溶液。化验的结果显示那是一种所有碱性毒药中毒性最强的毒药。

“上次那枚子弹实际上就是一个皮下注射器，而这次的雪茄毒药就是以酒精溶液或是醚溶液的形式用皮下注射器注入到雪茄中去的。由此我们可以推测：那枚子弹和毒雪茄都是出自同一个人之手。如果真是这样，X 真可谓是博学多才，匠心独运，其制作手艺也是非同寻常——子弹的制作之精密就可见一斑。

“以上就是我总结出的主要线索。不过还有一点值得补充的是：X 先生最近还买了一台二手的布林肯德尔菲打字机，或者买了个这种打字机专用的活字轮。”

“这你是怎么知道的呢？”我吃惊地问道。

“这也只是我的一种猜测而已，”桑戴克回答说，“一种可能性极高的猜测。首先，他显然并不习惯打字，从标签上错误频繁的打印就可以看出来。所以，他买这款打字机的时间并不长。其次，标签上的字是用布林肯德尔菲打字机打出来的，因为只有这款打字机才有星号键。此外，从打字机的新旧程度可以看得出这台机器的使用时间。你看，标签上有些字母不是那么清晰锐利，比如最常用的字母‘e’，看起来就相当模糊。所以，如果这台打字机是刚买的，那么就必定是台二手打字机。”

“但也有可能这台打字机压根就不是他自己的。”我反驳道。

“当然这也是有可能的，”桑戴克回答道，“但考虑到 X 做这件事情的隐蔽性，他自己买回来的可能性比较大。不过，现在如果我们能见到这台打字机，便可以指认出来了。”

他拿起标签和放大镜递给了我。

“仔细看我刚才说的字母‘e’。这个字母一共出现了五次，每个字母‘e’顶端都有一个小小的裂纹，这通常是由于打字机敲击到某个细小的尖锐物体所导致的。”

“我看到了，那个裂纹相当明显。这是识别打字机最好的线索了。”

“是的，这裂纹可以直接作为判断依据，”桑戴克回答道，“如果还能找到其他证据的话，那证据就更加确凿了。现在，我们来梳理一下 X 给我们留下的线索：

“第一点：X 认为只有我掌握了他的罪证。

“第二点：他对于我的个人爱好和生活习惯有一定了解。

“第三点：他是个有钱人，且颇有地位和身份。

“第四点：他博学多才，善于创新，而且制作手艺很是了得。

“第五点：他最近可能买了一台二手的布林肯德尔菲打字机。

“第六点：那台打字机，无论是他自己的还是别人的，都可以用上面‘e’字母的打印特征来加以辨识。

“满足以上六点条件，而且还是个自行车高手，擅长用来复枪射击，那X是谁，你应该能猜到了吧？”

“我可没有足够的人员信息来把他筛选出来，”我说道，“不过我猜你是有的。如果你确实判断出他是谁了，那我得再次提醒你，你要对社会负责，当然，你更要对你的当事人负责。你要是死了，你的当事人也会蒙受损失。在X还没有再次行凶之前，请你尽快将他绳之以法。”

“当然。如果他做得太过火了，我必然会采取行动。不过现在可以暂时放任他一会儿，这么做我也是有理由的。”

“这么说来你知道他是谁了？”

“是的，我想我已经分析出来他是谁了。确实就像你刚才说的，我掌握了你所不知道的人员信息。比如说有一些奇才可能只有我才认识，而其中有一位我就觉得可能就是这幕后的黑手。”

“我对你真是佩服得五体投地，你的洞察力和挖掘细节的能力真是让我惊叹不已，”我一边说着，一边把刚才做的笔记合拢放好，“不过现在我还是搞不懂，你一开始怎么就能断定那支雪茄有问题呢？雪茄表面并没有有毒的迹象，而你立刻怀疑它有毒，并且开始寻找证据来证明你的判断。”

“是的，你算说对了一半，”桑戴克回答道，“我之所以想到雪茄有毒，其实说来也是有一段故事的。”

他轻声笑了笑，双眼凝视着壁炉中的火焰，神色悠然，然后慢条斯理地说道：

“你之前想必也听我讲过，刚搬到这里的时候我成天也没什么要紧的事儿。于是我开始专心研究起法医学，对一些现象进行分析总结，慢慢形成了一套独特的体系。虽然没有什么重要的成果，那段时间的生活却是非常地悠闲惬意。当然也不是荒度光阴，那段时间里，我思考了各种将来可能会碰到的案子，并由此建立了一套假设理论。由于许多案件都和毒药有关，所以我对毒药就特别注意。比如，我会选择一些王室名流和达官贵人，假设他们是受害者，并由此计划出一整套谋杀计划。我把自己所拥有的知识技能和创造力都应用到了这些谋杀计划当中。我仔细观察了这些假设的受害者的生活习惯，查明了谁是他们的盟友，谁是他们的朋友、敌人或随从。我还细心观察了他们的出行习惯、着装习惯，等等，几乎把他们的衣食住行琢磨了个透，以确保谋杀能够顺利完成，同时杀手又能安全脱身。”

“那些大人物们要是知道自己被如此关注过，肯定会受宠若惊。”我故意讽刺道。

“要是某些人知道了肯定会坐立不安的。比如，我们的首相大人，如果他知道有人潜伏在周围，对他做了如此周密的观察和研究，甚至连他最后怎么死的每一步都做了精密计划的话，那他肯定会不寒而栗。当然，我之所以做这类的假设，是想看看如果真的发生这样的犯罪，其过程中会遇到哪些问题，以及可能出现哪些意想不到的情况。我将这些各式各样的假想犯罪都详细地记录在了本子上，为了不被他人盗用，我是用自己独创的速记法记录的，平时不用的时候这些本子都锁在保险柜里，以保万无一失。写完一个犯罪计划之后，我便会立刻进行角色转换，从受害人的角度出发，换个角色重演一次整个过程。每件案例之后，我都会加一条附录，附录中会总结如何应对和调查这种类似的案件。现在我的保险柜里已经装了六本这样的案例了，而且编有目录和索引以便查阅。读完这几本案例，我敢保证肯定会让你受益匪浅。而且对于办案也极具参考价值。”

“我当然相信这东西意义非凡，”我回答道，不过想到桑戴克这种偷偷摸摸的诡异做法我还是忍不住笑出了声，“不过，要是落入他人之手后，这东西就便会成为诱人犯罪的杀人凶器。”

“放心吧，就算落入他人之手也没人看得懂，”桑戴克回答道，“我的速记法根本没人破解得了。考虑到整件事情的秘密性，我当初写的时候就故意用的这种速记法。”

“那么，到目前为止，这些假想的案例有没有真的发生过呢？”

“有一些假想变成了现实，不过在我看来，他们的手段都过于拙劣。比如，今天毒雪茄这事就是个典型的例子。要是我绝对不会拿有这种明显漏洞的包装送人。至于那天晚上枪击事件也算是我另一个假想犯罪的改版，然而比我的犯罪计划可要差远了。实际上，我见过的所有案子，不管有多么复杂、多么出人意料，都可以从我的几本案例当中找到更加完善和精致的原型案例。”

听完他的话，我沉思不语，思考着天赋异禀、特立独行的桑戴克在社会中所扮演的这种特殊角色。不过想到他身边潜在的危机，我的思绪很快地又转了回来，转向了之前的那个问题，于是我严肃认真地问道：

“桑戴克，既然你已经看穿了凶手的动机和伪装，那你接下来打算怎么做呢？你是会立刻将他绳之以法，还是会对他放任自由，让他计划下一次谋杀你的行动？”

“我现在的计划是，”桑戴克回答说，“明天把这支雪茄送到一个安全的地方。明天你跟我一起到医院去找钱德勒医师，把这支雪茄交给他。他会对这支雪茄做一个毒性分析。分析报告出来之后，我们再考虑下一步该怎么做。”

虽然对于他的回答我很不满意，但我知道继续问下去也撬不开他的嘴。随后桑戴克将雪茄包起来，放进了抽屉，雪茄这件事儿就算是到此结束了。尽管我们脑子里还在想着这事儿，但我们两人接下来都没再谈论毒雪茄这件事。

第14章　惊人的发现

开庭的日子终于到来了，一切故事也将接近尾声。对我来说，这段时间发生的一切都意义非凡。这段时间里，我不用再做昔日单调乏味的苦差事了，取而代之的是极具挑战而又让人兴趣盎然的新工作，同时再一次激发了我对科学的热爱，并让我与同窗好友重拾友谊、并肩工作。这一切都让我对未来又有了无数美好的憧憬。然而这样的憧憬却转瞬即逝，取而代之的是对于现实的忧伤和痛苦，后悔这一切都得来得太急、走得太快。

开庭的那天清晨，阴霾笼罩在我的心中。我生命里这段充满酸甜苦辣的章节即将结束，我又将被放逐他乡，游荡在陌生的人群之中，居无定所，漂泊一生。

见到博尔特的时候，我才从自怨自艾的思绪中走出来。这个矮小的男人对我叽叽喳喳地讲个不停，今天折磨他多日的谜团终于要解开了，他兴奋得手舞足蹈。一向冷峻严肃的桑戴克，此时也不禁露出了一丝跃跃欲试的神色。

“我已经自作主张为你做了一些安排，希望你不要很介意。霍恩比夫人是证人之一，所以我已经写信告诉她，说你会在劳里的办公室和她碰面，并会护送她和吉布森一起去法庭。瓦尔特可能也会在那边，到时你最好让他留下来跟劳里一块走。”

“那你到时不会去劳里那边吗？”

“不了，之后我跟安斯提直接去法庭。我正等伦敦警察局的米勒警官，他到时候可能会陪我们一块过去。”

“有警官陪你们一起我就放心了，”我说道，“之前一想到你毫无保护地走在人群当中我心里就很不安稳。”

“对于狡猾的X，我已经做好防备了，实话告诉你，就算他公然对我袭击，我也会毫发无损。放心吧，在还没有为鲁宾辩护完之前，我是不会让自己死掉的。博尔特，你来了啊，你今早兴奋得像只刚搬新房的猫一样，在房间里进进出出、晃来晃去，你得有多兴奋啊。”

“是的，先生，”博尔特笑着说道，一点儿也不害羞，“我承认我是有些兴奋。我过来是想问问今天我们要带些什么东西去法庭呢？”

“把我房间桌子上的盒子和档案袋带上，”桑戴克回答道，“另外，再带上一个显微镜和测微器，虽然不怎么可能用到，不过也带上吧。就这些东西。”

“盒子和档案袋……”博尔特略带思考地重复着桑戴克刚才的话，“好的，先生，我这就去收拾准备。”

博尔特刚开门要往外走就看见有人走上楼梯了，转身朝屋内说道：

“先生，警察局的米勒警官来了，要我请他进来吗？”

“是，快请他进来吧。”

说完桑戴克便起身迎客，只见一位身材魁梧、有着军人模样的男子走了进来。他先对桑戴克敬了一个礼，并好奇地看了我一眼。

“早安，好啊，”他语气轻松地说道，“你的来信我没怎么看懂，不过我还是按照你的意思，带了两三位便衣警察和一位穿制服的警察过来。你还需要我派人来看守你的住处吗？”

“是的，再叫一个人过来看守我的住处。我现在有详细的要求要告诉你，不知道你同不同意呢？”

“你是要求我单独行动，不跟任何人透露此事吗？这点你放心，不过我还是希望你能把实情告诉我，让我走正常程序。不过，决定权在你的手上，无论你提出什么样的要求，我也只能接受。”

我觉察到两人之前似乎有什么事儿藏着掖着，觉得自己还是先起身离开为好。于是我便出发去了劳里的办公室，到了办公室才发现霍恩比夫人和吉布森还要半个小时才到。

劳里对我的态度很是生硬，甚至带有敌意。他显然因为在这个案子中扮演了配角而深感屈辱，眉宇间也显露出那股不满的情绪。

我到他办公室之后跟他说明来意，听完他冷冰冰地说道：

“我知道了，一会儿霍恩比夫人和吉布森小姐会在这里跟你见面。这一安排也跟我无关，整件案子下来，没什么安排是跟我有关的。你们完全不重视我的存在，根本不信任我，这简直荒唐极了。事到如今，身为辩方律师，我对于辩护内容竟然也是一无所知。这个注定惨败的案子，我肯定要成为别人的笑柄了。以后别再让我跟你们这些外行扯上任何关系了。人要各司其职，不要越俎代庖，学医的就管好你们医学的工作！”

“等桑戴克出庭以后你再下定论吧！”我反驳道。

“那我们就等着瞧吧！”劳里说道，“我听到外面有霍恩比夫人的声音，既然你我都没空闲聊，我建议你还是赶紧上路去法院吧。祝愿你有美好的一天！”

话已经说得这么直白了，我只好立刻起身去到了外面的秘书室。只见霍恩比夫人泪眼汪汪，一副十分惊慌的样子，旁边的吉布森则相对平静，只是脸色苍白，略显焦虑不安。

我上去跟她们打完招呼之后，问道：“我们立刻出发吧。我们是坐马车，还是走路？”

“你不介意的话，我们走路去吧，”吉布森说道，“进法院前霍恩比夫人有几句话想要跟你说。你也知道，她是作为证人出庭的，她很怕自己说错话让鲁宾陷入不利的境地。”

“是谁送来的传票？”我问道。

“劳里送来的，”霍恩比夫人回答道，“第二天我就亲自上门去找了他，想问问法院为什么会传我过去，可是他什么都不肯说。他似乎也不知道我被传唤的原因，并且态度还十分恶劣。”

“我猜你的证词应该与你的指纹模有关，”我说，“除了指纹模这事儿，你对这案子的其他事儿也一无所知，扯不上半点儿关系。”

“我跟瓦尔特聊这件事的时候，他当时也是这么说的，”霍恩比夫人说道，“他对案子很是担忧，他恐怕对鲁宾最后的判决也很不看好。但愿他的判断是错误的！天啊，这件事儿实在是太可怕了！”

带着哭腔的霍恩比夫人突然神色一变，一本正经地擦起了眼泪。从我们身旁路过的一个小伙计看到霍恩比夫人的样子不免吃了一惊，露出了轻蔑的神色。

“瓦尔特为我考虑得很是周到，相当地贴心，”霍恩比夫人继续说道，“他帮了我一个很大的忙。他先是针对那个该死的指纹模问了许多问题，然后把我回答的内容都记了下来。然后，他问了我一些律师到时候可能会问我的问题，接着他把问题和答案都写在了纸上。有了这张纸，我就可以多读几遍，记住怎么回答这些问题了。你看，他多细心，多周到啊！我还让他用他的机器帮我把这些东西打印了出来，这样我在看的时候就不用戴眼镜了。他打印得很是漂亮，那张纸现在就在我的钱包里。”

“我还不知道瓦尔特会打印呢，他自己有印刷机？”我问道。

“那并不是一台真正的印刷机，”霍恩比夫人回答说，“那是一个小玩意儿，上面有许多圆圆的按键。这个机器还有个很可笑的名字，好像叫布林肯德尔菲。瓦尔特说是他大约一星期前从一位搞写作的朋友那儿买来的。虽然一开始会出点儿小错误，不过他很快就学会怎么用了。”

她说完停了下来，把手伸进衣服里一个深不可测的袋子里认真地摸索着，完全没有注意到我的反应。她一说完，我立刻想起桑戴克之前对神秘的X总结的要点：

“第五点：他最近可能买了一台二手的布林肯德尔菲打字机。”

这一巧合令我十分震惊，非常不安。不过我又细想了一下，这也可能仅仅是巧合。市面上有成百上千个二手布林肯德尔菲打字机，一个二手打字机并不能说明问题。并且瓦尔特与桑戴克无冤无仇，他最多只是对桑戴克在鲁宾案子中所隐藏的神秘证据感兴趣而已。

霍恩比夫人在找那张纸的同时，我的大脑飞速地转动着。

“哈哈，找到了！”霍恩比夫人兴奋地叫道，我这才回过神来，脸上也不再是刚才惊恐的神态。

只见霍恩比夫人拿出一个装得鼓鼓的摩洛哥钱包，对我说道：“为了安全起见，我才把钱包藏得这么深的。伦敦街头那么拥挤，一不小心钱包就会被偷了。”

她把这巨型钱包打开之后，里面露出了许多隔层。各层里塞满了乱七八糟的东西，有纸张、有丝线、有纽扣、有做衣服的布样。这些琳琅满目的垃圾里还混杂着面值不一的金币、银币和铜币。

“杰维斯，你大致看一下吧，再给我一点儿回答的建议。”说着她将一张折起来的纸递给了我。

我打开那张纸，然后念道：

“阿尔茨海默病患者保护协会委员会提出……”

“哦！错了，不是这张纸。抱歉啊，我真是太粗心了！这个张纸上讲的是……吉布森，你还记得吗？那家伙可真够让人讨厌的……杰维斯，我跟你说，当时我也没客气，我告诉他做慈善要从家里做起。不过谢天谢地，我们都没得阿尔茨海默病。可是我们必须为自己多考虑考虑，不是吗？然后……”

“亲爱的，是这张吗？”吉布森插话道，说话时她苍白的脸颊上映出了一对美丽的酒窝，“这张纸比其他的纸都要新。”

说着，吉布森从钱包里抽出一张折叠的纸，翻开看了看一下里面的内容。

“没错，这张纸上写的就是证词！”说着她把那张纸递给了我。

虽然我刚才已经告诉自己这只是一个巧合，但我接过这张纸后还是不由自主地仔细查看起来。然而刚看了一眼，我的脑子就懵了，心脏跟着怦怦直跳。纸上的标题写着：《关于指纹模的证词》(*Evidence respecting the Thumbograph*)，在猛烈的阳光下，我可以清晰地看到，所有的字母“e”的顶端都有一个小小的裂纹。

看到这里我整个人都震住了，惊愕不已。

一次巧合还勉强说得过去，但第二次这么明显的特征难道还是巧合吗？如果不是巧合的话，那么X的身份现在已经可以毫无疑问地确认了？

“我们的法律顾问又在想什么呢？”吉布森带着一贯轻松愉悦的口吻问道。

虽然我手里捏着这张纸，双眼却茫然地盯着前方的路灯。她的话让我回过神来。于是，我匆匆忙忙地把纸上的内容看了看，马上根据第一段的内容发表了一下我的看法。

“霍恩比夫人，”我说道，“第一个问题是：‘你是在哪儿获得这个指纹模的？’而你的回答是：‘我记得不是很清楚，可能是从某个火车站的书报摊上买的。’但是据我所知，那个指纹模是瓦尔特给你的啊。”

“之前我也记得是瓦尔特给我的，”霍恩比夫人回答说，“可是瓦尔特说是我记错了，我觉得他的记忆力应该比我的靠谱吧。”

“亲爱的伯母，”吉布森插话道，“难道你忘了？那天晚上克莱一家过来吃晚饭，正当我们发愁如何打发饭后时光的时候，瓦尔特就带着指纹模进来了啊。”

“哦，对呀，我想起来了！”霍恩比夫人说道，“幸亏有你提醒我。那我们马上把这个回答改了。”

“霍恩比夫人，”我说道，“如果我是你的话，我根本就不会用这张纸，因为它只会混淆你的记忆，让你到时候更难作答。在法庭上，你只要尽己所能地回答就可以了。如果实在想不起来或不知道，照实说就行了。”

“是啊，这才是最好的办法，”吉布森说道，“你只要根据你的记忆来回答问题就行了。这张纸就给杰维斯来保管吧。”

“嗯，好的，既然这样最好，那就听你们的，”霍恩比夫人回答道，“杰维斯，这张纸就交给你了，你可以把它留着，也可以现在就丢掉。”

我接过纸条，默不作声地塞进了皮夹里。接下来的路上霍恩比夫人一直叨叨个不停，说着说着她时不时地还会情绪失控。而吉布森默默地走着路，一直心不在焉的样子。虽然我已经尽力集中注意力来附和这位老妇人的谈话，可是我的思绪还是不由自主地想着口袋中的那张纸。因为我知道那张纸就是毒雪茄之谜的答案。

难道瓦尔特就是那心狠手辣的 X 吗？这一结论让人难以置信，因为他之前可是一点儿嫌疑都没有。不过仔细想想，他的一些特征跟桑戴克对 X 总结的特征颇为相符。他算是有些钱，也算是个有头有面的人，涉猎甚广，知识渊博，制作手艺也是了得。只是他是否善于创新就不知道了。更巧的是，他最近刚好也买了一台二手的布林肯德尔菲打字机，而且那台机器所打出来的字母“e”也符合之前看到的特征。然而有一点是我不能确定的，那就是是否只有桑戴克掌握了他的某个关键罪证。至于他是否对桑戴克的行动了如指掌，我一开始觉得他应该并不知道。不过仔细想想，我才后悔自责起自己之前的行为。我之前跟吉布森无话不说，内容包括了桑戴克的点点滴滴。吉布森可能天真无邪地又将这些信息告诉给了瓦尔特。比如，我曾经告诉过她，桑戴克十分喜欢方头雪茄，当时吉布森还说瓦尔特手上正好有那种雪茄。所以她很可能回去就将这件事情告诉了瓦尔特。另外，之前我在一封信里跟吉布森提起过那天晚上我和桑戴克回十字车站的时间，而瓦尔特正好也参加了那天吉布森跟她家人的晚餐，所以瓦尔特也没有理由不知道这一消息。瓦尔特如此狼心狗肺，做这种丧尽天良的事情真是让人难以置信。我真搞不懂作为鲁宾的手足兄弟，瓦尔特为何会如此黑心，这么做又是出于什么原因。

突然又有一种想法在我脑中出现。如果霍恩比夫人能用那台打字机，那么约翰·霍恩比为什么就不能用呢？我不知道他是否有高超的制作手艺，但是就我对霍恩比先生的了解，他也符合 X 的大多数特征。而且当我告诉桑戴克我对霍恩比先生的怀疑之后，桑戴克并没有明确否认我的推测。

突然霍恩比夫人一把捉住我的胳膊，长叹了一声，这时我才发现我们已经走到了中央刑事法庭，面前这座纽盖特监狱的高墙好像对着我们虎视眈眈。我知道鲁宾跟其他犯人一样，正在这高墙内等待着最后的审判。眼前这座偌大的建筑披着一层肮脏的灰尘，似乎整个城市的灰垢都吹向了这里。我把自己的思绪拉回到了现实当中，我知道，故事马上就要进入高潮了。

这条古老的街道上上演过无数个可怕悲惨的故事。旁边是幽暗的监狱，前面的一个小门上还布满了令人恐怖的钢针铁刺，经过绞刑场的入口，我们便到达了法院大楼。这一路上我们都一直默不作声。

直到见到桑戴克，我才大大地松了口气。霍恩比夫人虽然在很努力地控制自己的情绪，但还是看得出她已经到了崩溃的边缘。吉布森虽然表面看起来沉着冷静，但从她苍白的脸色和紧张的眼神中，我还是能够感受到她的恐惧与不安。值得庆幸的是，有桑戴克在，她们俩就不必再去接受入口处警卫的盘查了，那种盘查会使人相当不悦。

“我们现在一定要勇敢起来，”桑戴克握着霍恩比夫人的手，语气温和地说道，“用微笑给鲁宾打气。他已经忍受了许多的痛苦才熬到了今天。几个小时以后，相信我，他将重获自由，洗清污名。这位是安斯提律师，我们相信他一定能还鲁宾一个清白。”

跟桑戴克不同，安斯提已经戴上了假发，穿上了长袍，向女士们庄重地鞠了一躬。然后，我们一同穿过一扇乌黑肮脏的大门，进入了一个幽暗的大厅。大厅四周的入口都有人把守，有穿着制服的警察，也有穿着便衣的探员。这些人看起来凶神恶煞，浑身都脏兮兮的。有的人躲在阴暗的角落，有的坐在长椅上。大厅里弥漫着一种腐败的气息，让我想起了监狱里的会客室以及警车里的那种味道。而大厅腐败的气息又与消毒剂的味道混杂在一起的时候，实在是让人窒息。我们快步穿过了这些肮脏的守卫，登上楼梯，进入了一个通向各条通道的平台。然后是一条装着铁栅栏的幽暗通道，通道一直通向一扇漆黑的大门，门上写着：旧法庭、律师与书记员。

安斯提为我们打开了这扇黑门，穿过这扇门后我们便走进了法庭。然而这个法庭让我倍感失望，它比我想象中的要小得多，看起来很是寒酸，可以说是简陋而又肮脏。木质的长椅很是单薄，质量低劣，被无数双脏手摸过以后，其表面已经有了一层厚厚的污渍。墙面的油漆已经发霉变绿，裸露的木质地板也已经被踩得漆黑。整个法庭中唯一略显尊贵的地方恐怕就是法官座椅上的那顶华盖了。华盖上绣有深红的毛织边线，座椅靠背的位置也有皇室的标志。旁听席后方挂着一个镶有金边的大圆钟，指针滴答滴答的声音清晰响亮，令人不安。

跟在安斯提和桑戴克的身后，我们走到了法庭的前排。我们在专门为法律顾问预留的座位上坐下，座位位于正数第三排。就座以后，我环顾起了四周。桑戴克和安斯提坐在第一排，前面是一张长桌。坐在他们右侧的是控方律师，正专心看着桌子上的材料。陪审团的座位和证人席就在我们的正前方，右上方则是法官的座位。法官座位的正下方放着一张办公桌，四周用铜栏杆围着，里面有一位戴灰色假发的书记官，他正在整修鹅毛笔。我们的左上方则是被告席。被告席看起来很大，四周架着高大的铁笼。被告席的后上方则是一长排旁听席。

"这个地方太可怕了！"吉布森坐在我和霍恩比夫人中间，看到法庭的景象不由得惊呼道，"这里所有的东西看起来都是那么肮脏！"

"是啊，"我回答道，"这些罪犯不仅精神上是肮脏的，身体上更是肮脏的，所到之处都会留下污秽的痕迹。过去法院在开庭审理时都会在被告席和长凳上铺上一些药草，法官的位置也会放一小束花，以防止监狱斑疹的侵袭。"

"唉，可怜的鲁宾竟然会被带到这等地方，"吉布森苦涩地说道，"而且还要跟刚才楼下那堆恶心的门卫待在一块儿！"

她叹了口气，回头看了看后面的旁听席，已经有七八个记者到场了，每人都兴致勃勃，对于这个轰动全城的案子很是兴奋。

一大群人走上了上方的旁观席，嘈杂的脚步声打断了我们的谈话。抬头可以看见旁观席的护栏边上人头攒动。几位初级律师坐在了我们的前面，也就是第二排的位置。劳里和他的助手坐到了律师席的座位上。引导员则站在了陪审席位的下方。一位警官站到了被告席的桌子旁。入口处聚集着三三两两的巡逻员、探员以及各级警官，甚至在外面还有人趴在门上透过空隙来偷看法庭内的景象。

第15章　指纹专家

法官席身后的大门缓缓打开，法庭里嘈杂的声音随之停了下来，座位上的律师、顾问以及旁听席上的人都站了起来。这时法官大人、市长大人、检察官以及其他重要官员依次从大门后走了进来。他们犹如油画中的画像，衣着华丽。书记员在法官席的下方就座，这时在场律师再没有相互聊天了，而是抓紧最后的时间用手指翻阅着面前的材料。法官大人就座之后，其他所有人才跟着坐了下来。随即，所有人的目光都转向了被告席。

不一会儿，一名狱警押着鲁宾走上了被告席。鲁宾像是从深渊地牢里走出来的一样，面容憔悴，步履艰难，但神态依然沉着稳重。他睁大眼睛向四周环顾了一圈，目光在出庭的朋友们的身上短暂地停留了一下，脸上浮现了一丝浅浅的微笑。短暂的停留之后，他立刻将目光转向了其他地方。而从那一刻开始，整个审判过程中他再也没有朝我们这边看过。

书记员站了起来，拿起桌上的起诉书对被告人念道：

“鲁宾·霍恩比，你被控于 3 月 9 日或者 10 日，蓄意盗窃了约翰·霍恩比所有的一包钻石。你认罪吗？”

“不。”鲁宾简洁地回答道。

书记员拿笔记录下了被告的回答，继续说道：

“下面念到的这些人将组成负责本案的陪审团。一会儿他们会在《圣经》面前宣誓，如果你对某人作为陪审的资格有异议，必须在他们宣誓之前提出，你的诉求才被考虑。”

对于刚才书记员语音洪亮、吐字清晰的一番说明，鲁宾鞠躬致谢。接着，开始进行陪审团的宣誓仪式。与此同时，律师们打开档案袋，开始整理起资料；法官正与身边的一位官员相谈甚欢，官员身上穿着毛皮外袍，颈上戴着硕大的项链。

对于第一次身临法庭现场的人来说，陪审团的宣誓仪式简直太稀奇了。这种仪式让人感觉一半是庄严肃穆，一半是怪异诙谐，就像介于宗教仪式与舞台喜剧之间的表演。书记员宣读的声音十分洪亮，大大遮盖住了台下窃窃私语的声音。他挨个叫着陪审团成员的名字，被点到名字的人便起身接过法庭引导员递来的《圣经》。引导员穿着一身黑袍，就像是负责某个仪式的祭司。陪审员接过《圣经》以后，引导员便会高声宣读誓言，声音在法庭内回荡，就好像是在吟诵诗歌，又像是在歌唱颂歌。誓言编写的格式很押韵，用的古体英文。

“塞缪尔·史布森！”

这位像是工人身份的陪审员表情漠然地站了起来，拿起《圣经》，眼睛直勾勾地看着引导员。接着，引导员用庄严而又单调的语气大声念道：

“你要慎重公平地审判。依据事实证据，代表真神耶和华给予被告最公正的判决。愿上帝保佑你！”

“詹姆斯·比伯！”

又一位陪审员站了起来，引导员向他递上了《圣经》，接着那庄严而单调的声音再次响起：

“你要慎重公平地审判……”

“这恐怖的誓词唠唠叨叨没完没了，听得我都要疯了！”吉布森对着我耳边低声说道，“真搞不懂他们干吗不能一起宣誓，一次宣誓完不就好了吗？”

“那就不成体统了，毕竟是法律程序，”我回答道，“再忍耐一小会儿！你看，只剩两个人了。”

“你不会觉得我很烦人吧？但是，我真的好害怕，这种庄重气氛太恐怖了。”

“桑戴克还没有出示证据之前你一定不能泄气，”我说道，“你要有心理准备，在这之前所有的陈述都是对鲁宾不利的证据。”

“我尽力吧，”吉布森回答道，脸上呈现一副乖巧听话的样子，“但我还是不由自主地感到害怕。”

陪审员的宣誓终于全部结束以后，引导员再次挨个点了一次名。点完名之后，引导员转身面向法庭大厅，庄严地宣读道：

“以真神耶和华之名，在被告被宣判之前，如果现在有人想要承认自己的罪行的话，那么请上前来告知我们的法官、检察官和律师。”

宣读完后，现场立刻变得出奇地安静。安静地等了片刻，现场并没有人现身认罪，于是书记员转身对陪审团说道：

“各位陪审员，被告席上的人名为鲁宾·霍恩比，他被指控于3月9日或者10日，恶意盗窃了钻石一包，这包钻石属于约翰·霍恩比。对于这项指控，他并不认罪。你们的职责是根据呈堂证供，来判定他是否有罪。”说完，书记员便坐了下来。

坐在上面的老法官脸庞消瘦，双眼凹陷，有着一对灰白浓眉和一个显得特别大的鼻子。他扶了扶那镶着金边的夹鼻眼镜，聚精会神地盯着被告席上的鲁宾看了看。打量完鲁宾之后，他将目光转向坐在右侧的律师身上，并向律师轻轻点头示意。

控方律师随之起身，并向法官鞠躬行礼。这是我第一次见这位控方律师。他名叫赫克托·特朗普勒，是一位英国王室法律顾问。他身材魁梧，样子并不招人喜欢。他的这身打扮配上他那副高大的身材显得很是滑稽：不合身的长袍歪到了一边，露出半个肩膀，头上的假发也戴歪了，夹鼻眼镜架在鼻梁很低的位置，好像随时都会掉下来一样。

“尊敬的陪审团，”他虽然吐字清晰，说话声音却非常难听，“我现在向你们汇报的这个案件，在法庭上已经屡见不鲜。这个案件里，百分百的信赖却遭受了被告无耻的背叛，无私的奉献没得到任何感恩，换来的却是被告的恩将仇报。被告放着光明大道不走，非要走歪门邪道，自毁前途。

“我现在简单介绍一下本案案情：本案起诉人是约翰·霍恩比先生，他是在极不情愿的情况下来起诉被告的。霍恩比先生从事冶金业，也从事贵金属交易。霍恩比先生的两位兄长去世之后，他们的孩子就由霍恩比先生来照顾，霍恩比先生也就扮演起了他们父亲的角色。其中一个孩子名叫瓦尔特·霍恩比，另一位就是被告席上的鲁宾·霍恩比。霍恩比先生的这两个侄子都在他的公司工作，他们都在公司担任重要职务，深受霍恩比先生的信赖。霍恩比先生也打算在退休之后把公司交由他们二人继承。

“3 月 9 日的傍晚，霍恩比先生收到一包未经加工的钻石，这是他的一个客户委托他暂时保管的，本来之后是要卖给钻石商的。钻石交易的细节我就没必要赘述了。总之，收到包裹后，霍恩比先生没有打开包裹，而是直接将那包价值三万英镑的钻石放到了他的保险柜中。同时，他还在包裹上附了一张从备忘录上撕下的纸，上面用铅笔记录了这次接受包裹的情况。锁好保险柜之后，霍恩比先生便离开，带着钥匙回到了家中。

“但是第二天清晨，当他再次打开保险柜的时候，那包钻石却不翼而飞了。霍恩比先生看到包裹丢了，吓得魂飞魄散。但他发现昨天放进去的那张纸落在了保险柜的底部，霍比先生将它拿起来一看，发现纸上面沾有血迹，而且还印有一枚清晰的血指印。于是，他立刻锁上保险柜，通知了警方。接到报案之后，我们优秀的桑德森探员首先去到了现场。他到达以后先做了一个初步的现场勘查。之后警方的调查细节过程我就不多说了，这些在证据报告里会有详细介绍。我只想告诉各位，经过分析比对，那张纸上的血指纹与被告鲁宾·霍恩比的指纹完全相符，确凿无误。”

说完，赫克托推了推鼻梁上那副将要滑落的夹鼻眼镜，又甩了甩身上的长袍，然后仔细地打量着陪审团的成员，好像在分析这群人接受信息的能力。这时，瓦尔特悄悄地从后门走进法庭，坐在了我们长椅的另一头。随后，米勒警官也走进来，坐在了我们过道对面的长椅上。

“下面有请我的第一位证人，”赫克托说道，“约翰·霍恩比。”

接着，霍恩比先生焦虑不安地走上了证人席，神色慌张。引导员将《圣经》递给了他，并念誓词：

“你发誓，你的呈堂证供是事实，所有的都是事实，无一例外。愿上帝保佑你！”

霍恩比先生庄严地亲吻了一下《圣经》，然后看了鲁宾一眼，眼神里有着说不出的痛苦和不幸，然后转头看着律师。

“你是否是约翰·霍恩比本人？”赫克托问道。

“是的。”

“在伦敦圣玛丽斧街的那个工厂是你的？”

“是的，虽然我也做贵重金属交易，但是我的主营业务是化验分析矿石和石英样品，以及交易金条和银条。”

“你还记得3月9日的事情吗？”

“是的，我记得很清楚。那天我让我的侄子鲁宾，也就是被告人，以我的代理人的身份去艾蜜娜古堡号，将装有钻石的包裹带了回来。我本来是打算拿到钻石后直接放进银行的，不过当鲁宾回来的时候银行已经关门了。所以，我只好把钻石暂时放进了我的保险柜里。在此，我必须说明一下，包裹延误到达与被告人没有任何关系。”

“让你来这儿不是为被告辩护的，”赫克托说道，“劳驾您下次回答我的问题的时候，就只用事实回答，无需评论。当你把钻石放入保险柜的时候有其他人在场吗？”

“除了我自己没有别人在场。”

“我又没有问你在没在场，你只用回答有没有其他人在，”赫克托说道（听到这番话，旁听席有人不由得吃吃窃笑，一本正经的法官也被逗笑了），“当时你还做了什么？”

“我用铅笔在备忘录上写道：3 月 9 日，下午 7 点 3 分，由鲁宾送达。并签上了我名字的缩写，然后我将那张纸撕了下来，放在包裹上面，一同锁进了保险柜，接着就离开了。”

“锁完保险柜之后，你多久才离开工厂的呢？”

“马上就离开了。被告当时还在工厂外面等我呢。”

“你只需要回答我的问题，没让你说被告当时在哪儿。那保险柜的钥匙你也一同带走了吗？”

“是的。”

“你再次打开保险柜是什么时候？”

“第二天早上十点。”

“当时保险柜是打开的还是锁上的？”

“锁着的，然后我打开了保险柜。”

“里面除了包裹不见了以外，还有什么其他异常的地方吗？”

“没有。”

“中间这段时间，你都保管着保险柜的钥匙，对吗？”

“是的。那个钥匙拴在钥匙扣上，钥匙扣我一直随身带着。”

“有没有备用钥匙，也就是那个保险柜的复制钥匙？”

“没有，保险柜就这一把钥匙。”

“你有没有将这把钥匙交给过别人？”

“当我要外出一段比较长的时间时，通常会把那把钥匙交给我的两个侄子中的一个来保管，谁当时暂时顶班就给谁保管。”

“还给过其他人吗？”

“没有。”

“那张纸是怎么回事？”

“当你打开保险柜的时候看到了什么？”

“我看到装有钻石的包裹不见了。”

“此外你还看到了什么？”

“我还看到那张被我从备忘录上撕下来的纸落在了保险柜的底层。我捡起来反过来一看，发现上面有一些血迹，还有一枚血指印，像是拇指的指印。那张纸落在保险柜底层的时候，是带有血印的那一面朝下。”

“接着你做了什么？”

“于是我锁上了保险柜，然后通知了警方，告诉他们我这里遭遇盗窃了。”

“你认识被告很多年了，对吧？”

“是的，他是我大哥的儿子，我是看着他长大的。”

“你能不能明确地告诉我们，他是习惯用左手，还是习惯用右手？”

“他的两只手都能灵活使用，不过更喜欢用左手。”

“霍恩比先生，你说的这一点可是细微的区别啊，非常细微的区别。那么，你百分百确定钻石真的不见了吗？”

“是的。我先把整个保险柜检查了一遍，后来警方来又检查了一遍。毫无疑问，钻石真的不见了。”

“当警方建议让你来提取两位侄子的指纹时，你是反对的？”

“是的。”

“为什么反对呢？”

“我不想让我的两个侄子遭受这样的侮辱。另外，我也没有这个权利强迫他们这么做。”

“你怀疑过他们中的某一个人吗？”

“他们俩我从来都没有怀疑过。”

“霍恩比先生，请仔细看一下这张纸，”赫克托一边说着，一边将那张纸递给了霍恩比先生，“然后告诉我们，你是否认得这张纸？”

霍恩比先生稍微看了看，然后说道：

“这就是我放在保险柜里的那张纸。”

“你凭什么认定这就是那张纸呢？”

“因为上面的字是我亲手写上去的，后面还有我的签字。”

“这就是从备忘录上撕下来的，然后放在包裹上面的那张纸吗？”

“是的。”

“当你将它放进去的时候，这张纸上面有没有血迹或是指印呢？”

“没有。”

“有没有可能纸上本来就有类似的痕迹？”

“绝对不可能。写完之后我就把那张纸从本子上撕下来，放进了保险柜。”

“很好，我问完了。”说完赫克托便回到座位坐下了。接着，安斯提站了起来，开始辩护方的交叉提问：

“霍恩比先生，你说你是看着被告长大的。那请告诉我们，在你眼里他是一个什么样的人呢？”

“他是我见过的所有年轻人当中品德最为高尚的。他为人正直，诚实守信，值得信赖。我从来没有见他做过任何有一丝不诚信或是不正直的行为。”

“这么说，你认为他是道德行为无可挑剔的模范人物，是吗？”

“是的，我现在也是这么认为。”

“那就你所知，他是否有铺张浪费或是奢侈的生活习惯呢？”

“没有。他的生活很简单，可以说是相当节约。”

“就你所知，他有没有参与过赌博，或是做过投机生意？”

“从来没有。”

“那你觉得他缺钱吗？”

“不觉得，除了正常薪水以外，他还有一些其他的个人收入，而且他从来不乱花一分钱。因为我偶尔会让我的证券经纪人帮被告做一些证券投资，所以很了解他的财务状况。”

“除了在保险箱里发现的这枚指纹，还有什么其他事情会让你觉得钻石是由被告偷走的？”

“没有。”

安斯提结束问话后，霍恩比先生擦了擦满是汗珠的额头，离开了证人席。接着，书记员大声喊到下一位证人的名字：

“桑德森探员！”

桑德森的穿着很是干练，步伐轻快地走上了证人席，并照例宣读了誓言。就座之后，桑德森泰然自若地看着控方律师，一副胸有成竹的样子。

“桑德森，你还记得 3 月 10 日早晨生发生的事吗？”赫克托问道。

“我记得。那天早上 10 点 23 分接到了报警通知。报警通知就是约翰·霍恩比发来的，他说他位于伦敦圣玛丽斧街工厂发生了盗窃。于是我立刻赶往现场，上午 10 点 31 分就抵达了工厂。在那儿我看见了约翰·霍恩比先生，他告诉我他保险柜里的一包钻石被偷了。我之后检查了保险柜，并没有发现保险柜有被强行撬开的痕迹，一切都完好无损。但是，我在保险柜的底部看到了两大滴血迹和一张纸，纸上用铅笔写上了一些字，而且沾有血迹，印有一枚带血的拇指印。”

“是这张纸吗？”赫克托说着便把那张纸递了过去。

“是的。”桑德森稍微看了一下便回答道。

“接下来你做了什么呢？”

“我把这起案件通知了伦敦警察局刑侦大队的队长，然后就回局里了。在此之后我便再也没有碰过这起案件。”

赫克托问完回到座位就座以后，法官看了看被告律师安斯提。

“请你告诉我们，”安斯提起身问道，“当你看见保险柜底部的那两滴血迹的时候，血迹是液体状态的还是凝固成块的？”

“看起来是液体状态的，不过我也没有去触摸。我原封不动地把血迹留给后面的专家来检验了。”

接着，又上来了另一位证人，他是警局刑侦大队的贝茨警官。他的举止神态跟上一位来作证的警官一样，一副泰然自若、胸有成竹的样子。他大步走上证人席，走完宣誓的流程之后，便滔滔不绝地陈述起他的证词来。他说得很是流利，毫不卡壳，看得出来他是做过精心准备的。虽然他的面前放着一本打开的笔记本，但他在陈述时也并没有翻看眼前的笔记。

“3月10日，中午12点8分，我收到指示，让我去圣玛丽斧街调查一起盗窃案。当时我已经拿到了桑德森探员的调查报告，在前往工厂的途中我就抽空把报告看了一遍。中午12点30分，我来到了工厂。到了之后，我首先非常仔细地检查了一遍保险柜，并没有发现保险箱有任何受损的痕迹。经过测试证明，保险柜里的每一个锁都是好的，而且一点儿被撬过的迹象都没有。在保险柜的底部，我看见了两滴很大的深色液体，我提取了一小滴拿到纸上检验了一下，结果显示该液体是血液。另外，我还在保险柜底部发现了一根用过的蜡梗火柴。当我检查地板的时候，在保险柜附近也发现了一根蜡梗火柴，但是火柴头却不见了。此外，现场还有一张像是从活页本撕下来的纸张。纸上用铅笔写着：3月9日，下午7点3分，由鲁宾送达。J.H.（约翰·霍恩比的英文缩写）。纸上还有两滴血迹和一枚带血的拇指印。之后，我将这张纸带回了警局以便请专家分析鉴定。除了上述情况，现场并没有其他任何可疑的地方。我也检查了办公室的门以及外面的厂房大门，都没有被强行撬开的痕迹。我还问了看守房门的人，但他也是什么都不知道。回到警局之后，我递交了一份勘察报告，并把那张纸片交给了局长。”

“这张纸就是在保险柜发现的那张纸吗？”赫克托再次将那张纸片递了上去。

“是的，就是那张纸。”

“接着发生了什么？”

“第二天下午，指纹鉴定部的辛格顿先生告诉我，他比对过局里全部的指纹档案也没有找到相符的指纹。他建议我对所有具有盗窃嫌疑的人进行指纹采集。另外，他给了我一张放大的指纹图作为参考。于是，我再次来到了圣玛丽斧街，请求霍恩比先生让我采集他公司内所有员工的指纹，包括他的两位侄子。然而，他断然拒绝了我的请求。他说，他不相信指纹这种证据，而且他认为他公司的任何人都没有盗窃嫌疑。当我问他，能不能让我秘密采集他两位侄子的指纹时，他坚决地说‘绝对不行’。”

“当时你有没有怀疑过他的两个侄子？”

“我觉得他的两个侄子都具有嫌疑。因为，窃贼显然是用复制的钥匙打开保险柜的，而他的两个侄子都曾保管过钥匙，完全有可能用油蜡的方式复制一把。”

“是的。”

“我曾多次去劝过霍恩比先生，要想洗清大家对他两个侄子的怀疑，就得采集他们的指纹作比对。不过每次他都拒绝了我的要求。据我所知，他的两位侄子倒是很愿意主动提供指纹，不过霍恩比先生事先禁止了他们自己去提交指纹。后来我找到了霍恩比夫人，我想或许她能有什么办法帮助我。我向霍恩比夫人表明来意，告诉她只要有她两个侄子的指纹就能帮他们洗清嫌疑。听我说完，霍恩比夫人回答说她能立刻帮他们洗清嫌疑，因为她有她全家的指纹，这些指纹都搜集在她的指纹模里。”

“指纹模？”法官疑问道，“指纹模是什么？”

安斯提拿出了一本红色封皮的笔记本。

“法官大人，”安斯提回答说，“指纹模就是这样一个笔记本，一些无聊的人会拿着这玩意儿去收集他们那些更无聊的亲朋好友的指纹。”

接着，安斯提把指纹模递给了法官。法官好奇地翻着看了看，然后对证人点头示意让他继续陈述。

“是的，霍恩比夫人确实是说她有全家的指纹。接着，她就从抽屉里拿出了这本红色封皮的笔记本给我，向我展示了她全家人的指纹，还包括几个朋友的指纹。”

“她给你看的就是这本子吗？”法官将笔记本传给证人问道。

贝茨警官接过本子一页一页仔细地翻阅，直到看到一枚他认识的指纹后才开口说道：

“是的，就是这个本子。霍恩比夫人当时向我介绍了他们家里各个成员的指纹，当她介绍到她两位侄子的指纹时，我便拿出了随身带着的那张放大的指纹参考图进行了比对。对比之后发现，本子上鲁宾的左拇指的指印跟放大的参考图一模一样。”

“然后呢?”

“然后我告诉霍恩比夫人我需要把指纹模带回警局，交给指纹鉴定部进行检测分析。对此她表示同意。当时我并不打算告诉她实情，可是，我正准备离开的时候，霍恩比先生回来了。得知事情的经过后，霍恩比先生质问我为什么要带走指纹模，我只得将事情真相告诉了他。听完之后，他显得既震惊又惊恐。他希望我立刻将指纹模还回来，表示自己不会再追究此案，所有损失自己承担。我告诉他如果现在选择包庇鲁宾的话，他自己也将构成刑事犯罪。霍恩比夫人想到鲁宾被自己的证据所加害，立刻悲痛不已。走之前，我跟霍恩比夫人说，只要我通过其他方式采集到了鲁宾的拇指印以后，就会立刻将指纹模归还给她，以免作为证物使用。

“于是我把指纹模带回警局交给了辛格顿先生。经过比对，辛格顿先生也认为鲁宾·霍恩比的左拇指指纹与保险柜中发现的血指印一模一样。就此证据，我立刻申请了逮捕令。第二天一早，我们便将鲁宾·霍恩比捉拿归案。然后我告诉鲁宾之前我与霍恩比夫人的约定，于是他同意我采集他的指纹，这样霍恩比夫人的指纹模就不用成为呈堂物证了。”

“那这个东西怎么还是在这儿成为了呈堂物证?”法官问道。

“法官大人，这是辩方提供的证物。”赫克托回答道。

“哦，我明白了，”法官说道，“这就是‘以毒攻毒’的方法，指纹模既是毒药又是解药啊。”

“当我逮捕他的时候，我照例宣读了相关声明。被告当时说道：‘我是清白的，我根本不知道钻石失窃的事儿。’”

控方律师提问结束，现在轮到辩方律师安斯提起身提问：

“你刚刚说你在保险柜底部发现的两大滴深色液体，而你认为那是血。那你凭什么就认定那是血？”

“我取了一点儿液体放在白纸上。从白纸上看，液体呈现出血的颜色。”

“也就是说，你们并没有用显微镜或者其他方式检验这个液体？”

“据我所知，没有。”

“你确定那东西是液态的吗？”

“是的，呈液体状。”

“那液体被放在纸上之后看起来是什么样子的？”

“跟血液的颜色一模一样，而且很黏稠。”

安斯提问完之后便坐了下来。书记员喊到了下一位证人的名字——弗朗西斯·西蒙斯。这位证人是一位老头子。

“你是霍恩比先生工厂里的门卫吗？”赫克托问道。

“是的。”

“3 月 9 日的那天晚上你有没有发现什么异常的情况？”

“没发现什么异常。”

“那天晚上你有没有照常巡逻呢？”

“当然有。晚上我都会巡逻好几次，没巡逻的时候我就在旁边的小房间里，隔壁就是那间私人办公室。”

“10 号早上，谁最先到的工厂？”

“鲁宾先生，他比其他人早到了大约二十分钟。”

“他进了工厂先去了哪里呢？”

“他先去了那间私人办公室，是我给他开的门。他在里面待了好一会儿才去了实验室。没过几分钟，霍恩比先生就进了那间办公室。”

“第二个到的人是谁？”

“霍恩比先生，接着是瓦尔特先生。”

赫克托问完回到了座位上，安斯提站起来问道：

“9 号晚上最后离开工厂的人是谁？”

“这个我就不确定了。”

“为什么你会不确定呢？”

“那晚我要给位于肖尔迪奇区的一家公司送一张票据和一个包裹过去。当我离开的时候，瓦尔特先生还在私人办公室里，那个叫托马斯·霍尔克的文员也还在大门口的办公室里，等我回来的时候，他们都已经离开了。”

“你回来的时候外面的大门上锁了吗？”

“上锁了。”

“那个叫霍尔克的有没有大门的钥匙？”

“没有，只有霍恩比先生、他的两位侄子和我有大门的钥匙。”

“你离开了有多长时间？”

“四十五分钟左右。”

“是谁给你的票据和包裹？”

“瓦尔特·霍恩比先生。”

“他是什么时候给你的？”

“在我值班前他就交给我了。他让我赶紧送过去，怕我到的时候对方已经关门了。”

“那你去到的时候那边关门了吗？”

“是的，我到的时候，那边已经关门了，所有的人都走了。”

安斯提问完后回到了座位，证人慢悠悠地走出了证人席，一副如释重负的样子。接着，书记员又喊道：

“亨利·詹姆斯·辛格顿！”

辛格顿从控方律师座位席的后方站了起来，步入证人席。赫克托用手推了推眼镜，打开档案夹，翻到了某一页，然后非常严肃庄重地看了看陪审席，然后转头对辛格顿说道：

“辛格顿先生，你是在伦敦警察局指纹鉴定部工作吗？”

“是，我是该部门的主任之一。”

“你的工作职责是什么？”

“我负责检验和比对罪犯或是嫌犯的指纹，并将根据指纹特征分类归档，以便日后参考查证。”

“那你检验的指纹已经非常之多了吧？”

“是的，我检验过的指纹都有好几千枚了。我对所有的指纹都做了细致的分析，每个指纹都有其特别的指纹特征。”

“辛格顿先生，请你看看这枚指纹。之前你见过这枚指纹吗？”说着，赫克托让引导员将那张带血指印的纸递给了辛格顿。

“见过。3 月 10 日那天，有人把这张纸送到了我的办公室让我检验。”

“这张纸上有一枚指印，像是大拇指的指印。你能告诉我你对这枚指印的检验结果吗？”

“这枚指印是被告鲁宾·霍恩比左手的拇指印。”

“你非常确定吗？”

“是的，非常确定。”

“你能发誓证明这张纸上的指印的确是被告的指印吗？”

“我发誓。”

“纸张的指印不可能是其他人留下的指印？”

“不，绝对不可能是其他人的。”

这时，我感觉到吉布森紧抓着我的手的一只手不停地颤抖着。我转头看她，只见她脸色苍白，毫无血色。我伸出另一只手轻轻地握住她颤抖的手，在她耳边轻声说道：

“要有信心和勇气，现在这些都是意料之中的情况。”

“谢谢你，”她淡淡地笑了笑，低声说道，“我会尽量勇敢一些，但这一切真的太可怕了。”

“在你看来，这枚拇指印的身份是毋庸置疑的了？”赫克托继续问道。

“是的，毋庸置疑。”辛格顿回答说。

“你能不能尽量简单明了地告诉我们，为什么你会得出如此确凿的结论？”

“这枚拇指印是我亲自采集的。采集之前也得到了被告的同意，之前我也告诉过被告这枚拇指印可能会作为证据来指控他，不过他还是同意我进行采集。之后，我就将他的指纹与纸上的血指印做了非常细致认真的比对。比对的整个过程中，我都非常地认真严谨，采用的是公认的点对点的检验方法，比对发现两枚指纹的每一个点都是完全对应一致的。

“现在专家经过精确的计算证实——这个结论我自己也计算验证过——两个人的同一根指头具有相同指纹的出现概率是六十四亿分之一，而现在全人类的总人口数为十六亿。所以，从全世界的范围来看，具有一枚相同指纹的概率已经是微乎其微。

“我很赞同一位专家曾说过的话，他说两枚指纹如果相同，或是基本相同的话，无需其他证明，就能够说明是出自同一个人之手。

“上面是基于普通指纹的统计结果。但是，这枚血指印不是一枚普通的指纹。我们可以清晰地看见这枚指纹上有一条很深的伤痕，这应该是以前留下的伤口。这条伤痕穿过指纹中心，在周围留下了一些规整的痕迹。这一额外的特征更加可以完全证明这枚血指印就是被告的。两枚相同指纹的概率是六十四亿分之一，如果这两枚指纹都有一道形状完全相同的伤痕，伤痕的位置和角度也相同的话，满足这多种条件的概率只有四千兆分之一了。换句话说，这样的巧合完全是不可能的。”

赫克托摘下眼镜，用坚定的眼神凝视着陪审团，好像是在说：“怎么样，这案子难道还有争议吗？”赫克托昂首挺胸地走回了座位，带着胜利的微笑看了看旁边的安斯提和桑戴克。

“你还要不要对证人提问？”法官见辩方律师没有起身提问，便主动问道：

“不用了，法官大人。”安斯提回答说。

赫克托听到这番对话后，再次转身朝着辩方律师席看去，脸上露出了满意的微笑。辛格顿走出证人席的时候脸上同样露出了满意的微笑。我转过头看了看桑戴克，察觉到在他严肃冷峻的脸孔上似乎也有那么一丝丝笑意。

“赫伯特·约翰·纳什！”

这是一位身材肥胖的中年男人，他神情严肃地走上了证人席。赫克托再次站了起来开始发问。

“纳什先生，你是指纹鉴定部的副主任，对吧？”

“是的。”

“上一位证人的证词你都听到了吧？”

“听到了。”

“你同意他的证词吗？”

“完全同意。我也敢发誓，纸上的血指印就是鲁宾·霍恩比的指印。”

“你对此确定无误？”

“是的，我非常确定。”

赫克托问完之后，又回头看了看陪审团，然后回到了座位上。安斯提依然不露声色，只是在文件夹里记下了一些东西。

“控方还有证人要上庭吗？”法官拿着笔沾了沾墨水，问道。

“没有了，法官大人。我方的证人就是这些。”赫克托回答说。

这时，安斯提起身对着法官说道：

“法官，我方还有证人。”

法官点了点头，拿起笔记录起来。安斯提则在一旁说了一段简单的开场白：

“法官大人，尊敬的陪审团，我不想浪费各位的时间，再做没必要的陈述了。下面立刻有请我方证人上庭作证。”

整个法庭全场肃静，只听见纸张翻动的声音、沙沙写字的声音，以及法官手上那支鹅毛笔吱吱的滑动声。吉布森的脸色即刻又变得苍白起来，低语对我说道：

“太可怕了！凭借之前那个证人的证词简直就能定案了。我们还能怎么去反驳啊？我已经绝望了。可怜的鲁宾，这回输定了啊。杰维斯，鲁宾这下可没戏了啊。”

“你相信鲁宾真的有罪吗？”我问道。

“当然不相信！”她坚决地说道，“我一直坚信他是清白的！”

“那么，”我说，“只要他是清白的，就一定有方法证明他的清白。”

“我想也是，”她沮丧地说道，“不管怎样，很快我们就会知道答案了。”

此时，引导员高声喊道辩方的第一位证人的名字。

“艾德蒙·霍福德·罗伊！”

一位头发灰白的男人走进了证人席。他目光敏锐，脸上的胡碴剃得干干净净，两鬓的络腮胡也修剪得整整齐齐。进入证人席后，他也照例先对着《圣经》发了誓。

“你是位药学博士，是在伦敦南部医院教法医学的老师，对吗？”安斯提对证人问道。

“是的。”

“你专门研究过人的血液是吗？”

“当然。血液的研究对于法医学是非常重要的。”

“那么，请你告诉我们，当血从划伤的手指里滴落到，比如，保险柜铁质的底部的时候，会出现什么结果？”

“如果血液是从一个活人身上滴下来的，落在没有吸附性的物体表面时，几分钟之内就会凝结成胶状。血滴刚落到物体表面的时候，呈液体状，跟鲜血颜色相同，形态一致。”

“之后会发生什么变化？”

“几分钟之后，血滴就会开始凝缩，一部分变成固态的，一部分变成液态的。固态的那部分是由深红色的胶状血液构成，液态的那部分是由透明的浅黄色液体构成。”

“那最后，比如，两小时之后，血滴又会变成什么样呢？”

“会变成一摊无色的液体，液体中间会留下一块小的红色凝块。”

“将这样的血滴放在白纸上，又会是什么样子呢？”

“无色的液体会被纸张吸附，红色凝块会黏在纸上。”

“那么，血滴在纸上看起来不会是红色的液体？”

“绝对不会。血滴的液态部分跟水一样是无色的，而红色的凝块只是像固体一样黏在纸上。”

“那么血滴最后只会变成你说的这样而不会变成别的样子吗？”

“是的，只会变成这样，除非人为地阻止血液凝结。”

“用什么方法可以不让血液凝结成块呢？”

“主要有两种方法。第一种方法是，用一根纤细的棒子在血液里搅拌。这样，造成血液凝固的血纤蛋白就会黏附在细棒上，血液看起来不会有任何变化，再也无法凝结成块了。第二种方法是，放一些碱性盐溶入血液中，这样血液也不会再凝结成块了。”

“你刚才听到了桑德森警官和贝茨警官的证词了吧？”

“听到了。”

“桑德森警官告诉我们，他当天早上10点31分的时候到达现场，并在保险柜下面看见了两大滴血迹。贝茨警官告诉我们，两小时之后他也检查了保险柜，并提取了少量血迹放在了一张白纸上，血迹在白纸上看起来像血液一样的红色液体。你认为他们当时看到的血迹到底是个什么东西呢？”

“如果真的是血，那么该血液就是已经去除了血纤蛋白的血液。也就是说血液中的血纤蛋白被用搅拌的方式提取出来了，或是血液中加入了碱性盐。”

“你是说，保险柜底部的血迹不是伤口流出的正常血液？”

“我敢保证那不是正常的血液。”

“好的。罗伊博士，我再请教你另外一件事。你有没有留意过沾着血的指头所印下的指纹是什么样子的？”

“我留意过，正好我最近对此做了一些实验。”

“能告诉我们你的实验结果吗？”

“好的。我做这个实验的目的就是想看看刚沾有鲜血的手指能不能留下清晰的指印。经过许多次的实验我发现，刚沾有鲜血的手指要留下清晰的指印是极其困难的。通常只会留下一块红色的污点，根本看不到指纹的纹路。这是因为，沾上手指的血液会填满指纹纹路中的缝隙。但是，如果血液在指头上完全变干以后，那么就可以印出一个非常清晰的指纹。”

“这样印出来的指纹就可以辨认了，对吗？”

“是的，而且很容易辨认。胶状的血液跟液体的血液印在纸上的效果完全不同。等血液变干后再印上的指纹会呈现出指纹中细微的结构，汗腺开口都可以看得一清二楚。”

“这张纸是在保险柜里发现的，请你仔细看看，然后告诉我你的分析结果。”

罗伊博士拿着纸非常仔细地看了一会儿。他先是直接拿在手上用肉眼看了会儿，然后又拿出放大镜仔细看了看。

“我看见了两块血迹和一枚指印，准确地说是一枚拇指印。两块血迹中，一块血迹是由一根手指轻轻擦上去的，另一块血迹就是个血点。但是，这两块血迹以及那枚拇指印都是由液态血液所造成的。”

“你确定那枚拇指印也是由液态血液造成的？”

“是的，我非常确定。”

“这枚拇指印有什么奇怪的地方吗？”

“有。这枚指印实在是太清晰了，很是奇怪。我试验过很多次，尝试用鲜血印出清晰的指纹，但我印过那么多的指纹，也没有哪一枚有这枚指纹这么清晰。”

罗伊博士拿出一叠纸，纸上全是他在试验时印的血指印。他把那枚清晰的血指印跟他自己印的那些血指印放在一起比较了一番。

这些印有血指印的纸也交给了法官。安斯提问完回到了座位后，赫克托面带疑惑地站了起来，开始提问。

“你说保险柜底层的血液是去血纤蛋白的血液，或是特殊处理过的。那么，你就此可以得出什么推断呢？”

“我推断那些血液并不是从伤口滴出来的。”

“那你认为这些血滴是如何进入保险柜的？”

“这我就不知道了。”

“你说那枚血指印印得非常清晰，那就此你可以得出什么结论呢？”

“就此我无法得出任何结论。我实在无法解释它为什么能够如此清晰。”

赫克托一脸挫败地坐了下来，而我再次在桑戴克的脸上看到了一丝不易察觉的微笑。

引导员的声音再次响起。

“阿拉贝拉·霍恩比。”

我的左手边传来一阵压抑的呜咽声，霍恩比夫人听到有人喊到自己的名字赶忙站了起来，衣裙沙沙作响。她步履蹒跚，像果冻一样左摇右晃地向证人席走去。她一手拿着手帕在擦拭眼泪，一手紧紧抓着打开的皮包。走进证人席后，她先是惊恐地向法庭的四周看了看，然后就开始翻弄起她的皮包，找着什么东西。

随即，引导员照例念道：

“你发誓，你的呈堂证供是事实，所有的都是事实，无一例外。愿上帝保佑你！”

“当然，”霍恩比夫人手上停了下来，抬起头生硬地说道，“我发誓……所有的都是事实。”

当她伸手去接《圣经》的时候因为双手过于颤抖，一不小心直接把《圣经》摔到了地上。她赶紧弯腰去捡，因为动作太大，她的帽子被卡在证人席两条围栏之间。她从人们的视野里消失了片刻，过了会儿她才满脸通红地站了起来。她的帽子已经被压变形了，歪歪扭扭地戴在头上。

引导员竭尽全力强忍着笑意，表情严肃地说道：

“请亲吻《圣经》。”

霍恩比夫人顿时手忙脚乱起来。她手上拿着皮包、手帕和《圣经》，同时还试着摆正帽子。最终，她戴好了帽子，用手帕擦去了《圣经》上的灰尘，然后轻轻地亲吻了一下。接着她将《圣经》放在了证人席的栏杆上，结果刚放上去又掉到了地上。

“实在是不好意思啊！”霍恩比夫人把身子探过栏杆，对正在弯腰捡《圣经》的引导员说道，一不留神，她那开着口的皮包随着她的身子一倾斜，里面一大堆的铜板、纽扣、皱成一团的钞票，全部倾泻在引导员的背上，“对不起啊，我手脚太笨了。”

接着，安斯提站了起来，递给霍恩比夫人一本红色封皮的笔记本。接过笔记本，霍恩比又用手帕擦了擦脸，再赶紧调整了一下帽子。

“请你看看这个本子。”

“我可不想看这个玩意儿！”霍恩比夫人很是抵触地说道，“一看到这玩意儿我就浑身难受……”

“你认得这东西吗？”

“我认得这东西吗？你干吗问我这个问题？你明明知道……”

“请你回答律师的提问，”法官突然打断道，“你认不认识你手中的这个笔记本？”

“我当然认得了，我怎么可能不认得……”

“那你就回答说认得。”法官严肃地说道。

“我不是已经说了嘛！”霍恩比夫人有些不耐烦了。

法官向安斯提点了点头，接着安斯提继续问道：

“这个东西是叫做‘指纹模’？”

“是的，封皮上不是印着‘指纹模’这几个字吗？我想这东西应该就叫指纹模吧。”

“霍恩比夫人，你能否告诉我们，你是怎么获得这本指纹模的？”

霍恩比夫人听到这个问题后一下慌了神，她紧张地看着安斯提，然后从皮包里掏出一张纸，打开一看却面露沮丧，接着又把这张纸揉作一团捏在掌心。

“请回答这个问题。”法官说道。

“哦！好的。那个委员会……哦，不……我是说华科，你也知道，他至少……”霍恩比夫人变得语无伦次。

“请你再说一遍好吗？”安斯提很有礼貌且很耐心地说道。

“你刚刚说了什么委员会，你想说什么协会的委员会？”法官插话道。

霍恩比夫人打开那张捏在手心的纸，看了一眼，然后回答道：

“法官大人，是阿尔茨海默病患者保护协会。”霍恩比夫人一说完，旁听席随即传来一阵哄堂大笑。

“这个协会与指纹模有关系吗？”法官问道。

“法官大人，没有关系，跟指纹模一点儿关系也没有。”

“那你为什么要提到这个协会？”

“我也不知道啊。”霍恩比夫人想也没想直接拿起手上的纸擦起了眼泪，发现不对劲又赶紧换成了手帕。

法官摘下眼镜，非常困惑地看了看霍恩比夫人，然后对着安斯提疲倦地说道：

“安斯提先生，请你继续。”

“霍恩比夫人，请你告诉我们，你是怎么得到指纹模的？”安斯提非常严肃地问道。

“我之前记得是瓦尔特给我的，我的女仆也这么认为。不过瓦尔特说不是他给我的。瓦尔特这么年轻，记得肯定没错。我像他这么年轻的时候，什么事情都是过目不忘的。我怎么得到这指纹模的也不重要啊。”

“但是，事实上，这件事非常重要，”安斯提打断道，“我们想知道你具体是怎么获得这个东西的。”

“你是说你也想要一个指纹模?”

“不是这样的，霍恩比夫人!”安斯提回答说，“我们想要知道的是，指纹模是怎么到你手上的，是自己买的，还是别人给你的?”

“瓦尔特跟我说是我自己买回来的，但我记得是他给我的，但他又说不是他给我的，所以你看……”

“你不要管瓦尔特跟你说了什么，在你自己的印象中这东西是怎么来的?”

“虽然我的记忆力不好，但我还是觉得是瓦尔特给我的。”

“你认为是瓦尔特给你的?”

“是的，说实话，我的直觉告诉我这很确定，而且我的女仆也是这么认为的。”

“瓦尔特·霍恩比是你的侄子，对吧?”

“是的，当然。我还以为你知道呢!”

“你还记得当时他给你指纹模的场景吗?”

“当然了，我记得很清楚呢!我们请了科莱一家过来吃晚餐。不过他们可不是多塞特郡那边的科莱家族。当然，那边姓科莱的人也是很好的人，你要是去过多塞特郡的话，你肯定会深有体会。对了，吃完晚餐后，我们不知道该做什么了，有些无聊。吉布森，也就是我的养女，你认识的，那天的她的手指被割伤了，所以就没法给我们弹钢琴了。如果真要让她弹琴的话，那她只能用左手来弹了，不过那样弹出来的音调单一，催人入睡。而且，科莱一家人除了阿道弗斯，其他人都不懂音乐。阿道弗斯是会吹长号的，不过那天他可没有把长号带在身边。幸好，那个时候瓦尔特来了，还带了指纹模。我们所有人，包括他自己都在上面印下了拇指印，我们都觉得非常好玩儿。科莱家的大女儿玛蒂尔达还说鲁宾故意碰了她的胳膊，她这么说只是找借口罢了……”

“好了，”安斯提打断了霍恩比夫人的陈述，“这么说你清楚地记得指纹模是你的侄子瓦尔特在那天给了你？”

“是啊，我清楚地记得了。你知道的，实际上他是我先生的侄子……”

“是，那你确定那天他是带着指纹模来的？”

“是的，我确定。”

“那天之前，你从来没有见过这个指纹模吗？”

“没有，从来没有。他之前也没带过来啊。”

“你有没有将指纹模借给过别人？”

“没有，从来没有。没有人会跟我借这个东西，你知道……”

“那这东西有没有在什么时间里不是由你保管的呢？”

“呃……这个我就不敢保证了。有件事儿我一直觉得奇怪。我特别不喜欢怀疑别人，实际上我也没有怀疑过谁。但这件事儿真的很奇怪，我真不知道该如何解释呢。我一直把指纹模放在我写字台的抽屉里，那个抽屉里还放着我的手帕袋，手帕袋现在还在那里放着呢！今天实在是太忙了，本来要拿那手帕袋出来的，但等我坐上马车的时候才想起来，想回去拿都太迟了，因为劳里先生说……”

“好的，我明白了。你将指纹模和你的手帕袋一起放在了你的抽屉里。”

“是的，就是这样。之前，我丈夫霍恩比先生待在布莱顿的时候，写信告诉我让我带着吉布森去那边找他。准备出发之前，我让吉布森去那个抽屉里拿我的手帕袋，当时我还跟她说：‘咱们可以带上拇指模，这样下雨天我们也能在房间里打发时间了。’说完她就跑去拿了，结果她回来告诉我指纹模没有在抽屉里。我很是惊讶，于是跟她一起去看，结果指纹模真的没有在抽屉里。当时我也没多想就离开去了布莱顿了。但是当我们从布莱顿回来以后，下了马车我就让吉布森帮我去把手帕袋放好。没过多久，她就兴奋地跑回来跟我说道：‘伯母，奇怪啊，指纹模又在抽屉里了。之前肯定有人动过你的抽屉。’于是我跟着她打开抽屉一看，指纹模果然还在里面。一定是有人趁我们不在的时候又放了回去。”

“什么人能够打开你的抽屉呢？”

“任何人都可以啊，因为我的抽屉从来不上锁的。我们当时觉得肯定是哪个仆人做的。”

“你不在的时候哪些人进过你的那个房间呢？”

“除了我那两个侄子，没别的人了。但我也问过他们，他们说并没有动过我的指纹模。”

“谢谢你的回答。”

安斯提问完便回到了座位上。霍恩比夫人又整理了一下她头上的帽子，正准备走出证人席的时候，赫克托站了起来，虎视眈眈地看着霍恩比夫人。

“你刚才提到一个协会，”赫克托说道，“好像叫阿尔茨海默病患者保护协会。你为什么会提到这个协会呢？”

“我说错了，当时我在想着另外一件事儿。”

“我知道你说错了。当时你是参照着你手上那张纸上的内容说的。”

“我可没照着上面说，我就是看看而已。那是封阿尔茨海默病患者保护协会寄来的信，不过跟我可没有任何关系。我可不是那个协会的人，也不是其他类似协会的人。”

“你当时是不是把那张信纸误以为是另外一张纸了？”

“是啊，我以为它是那张帮我记忆的笔记呢！”

“是什么样的笔记呢？”

“就是一些我可能被问到的问题。”

“对应回答也写在那张纸上了吗？”

“当然！光有问题没有回答有什么用。”

“那么，纸上的那些问题有被问到的吗？”

“有，至少有一些吧。”

“你是照着笔记上写的来回答的吗？”

“我觉得我没有，实际上，我肯定不是照着上面说的，你知道……”

“哈哈！你觉得你没有，”赫克托转过头对着陪审团夸张地笑道，“请你告诉我们，是谁写下了这些问题和回答的呢？”

“我的侄子，瓦尔特·霍恩比。瓦尔特觉得……”

“不要管瓦尔特是怎么想的，是谁建议或是指导他写了这些东西？”

“没人，都是他自己的主意，他对我真是很贴心。不过，后来杰维斯拿走了我的那张纸，杰维斯让我必须依靠自己的记忆来回答问题。”

赫克托听完霍恩比夫人的回答显然很是吃惊，垂头丧气地走回了座位。

“那写有问题和答案的纸张现在在哪里？”这时法官问道。

我之前就预料到会出现这样的结果，所以已经提早将那张纸交给了桑戴克。他拿到那张纸之后，意味深长地看了我一眼，我知道他是在告诉我他已经注意到纸上面打印字体的特殊之处了。随后，桑戴克还急急忙忙地递给我一张纸条，上面写着“X=W. H.”（W.H. 为瓦尔特·霍恩比的英文缩写）。

当安斯提向法官递上那相当可疑的笔记的时候，我转头看了看瓦尔特，他尽管在努力地让自己看起来平静无忧，但实际上已经气得满脸通红，带着满满的恨意怒视他的伯母。

“是这张纸吗？”法官让人把纸传到了证人手上。

“是的，法官大人。”霍恩比夫人战战兢兢地说道。

随后纸又被传回到法官手中。法官看了看纸上的内容，又看了看自己刚才做的笔记，对比之后，法官严厉地说道：

“我下令没收这张纸。显然有人故意干预过证人。安斯提先生，请你继续。”

霍恩比夫人摇摇晃晃地走回座位，喘着大气，显得很是兴奋，又好像松了一口气似的。这时，引导员大声叫道：

“约翰·伊弗林·桑戴克！”

“谢天谢地！”吉布森低声喊道，双手紧握，“杰维斯，你觉得他能救鲁宾吗？真的能吗？”

“有人觉得桑戴克肯定可以。”我回答道，头朝着博尔特的方向看去，博尔特用胳膊紧紧地抱着那个神秘的箱子和一个装显微镜的箱子，他崇拜地看着桑戴克，脸上露出了狂喜的笑容。“吉布森，博尔特可比你要有信心啊。”

“是啊，这位忠诚的小矮人，”吉布森感叹道，“无论如何，最后糟糕的结局即将揭晓了。”

“不管结局是好是坏，让我们把最后的辩护听完吧。”我说道。

“上帝保佑，愿最后的辩护成功。”吉布森低声祈祷说。

虽然我不是什么信徒，但也跟着轻声地说了一句：

“阿门！”

第16章　桑戴克的王牌

桑戴克迈着大步走进了证人席。我看着证人席里的桑戴克突然感到非常陌生，好像我从来没有仔细认真地了解过我这位朋友一样。我知道他是一个不苟言笑的人，是一个聪明绝顶的人，他有着无穷的智慧，散发着迷人的魅力。但是，直到现在我才发现，现在站在我面前的桑戴克是我见过的最帅气的男人。他衣着简单，穿着飘逸的长袍，戴着雪白的假发。然而他的威严并不仅仅来自他的外表，他坐在证人席还有一股强大的气场，好像整个法庭都在他的掌控之中。即使是身穿红色外袍、衣着华丽的法官大人在他面前也相形见绌。陪审团的目光也转向了桑戴克，他们的神态就好像是在仰视某位重要的人物一样。我不仅留意到他那高大的身材、傲人的气质、沉着的神态、强大的气场，还注意到他有着近乎完美的面部曲线。那张脸就像雅典神庙里用大理石雕的人像那样完美，那是一种超脱世俗的脸孔，与法庭里一张张神色各异、世俗不堪的脸孔形成了鲜明的对比。

“桑戴克医师，你在圣玛格利特医院所属的医学院工作，对吗？”安斯提问道。

“是的，我负责教授法医学和毒物学。”

“根据法医学来调查案件这方面你有何经验呢？”

“经验非常丰富。这就是我工作所在。”

“有关保险柜内那两滴血的证词你听了吧？”

“是的，我听到了。”

“对此你有何见解呢？”

“我认为那两滴血毫无疑问是被人动过手脚的，很有可能是通过去血纤蛋白的方法。”

“你认为那滴血被动过手脚的话，那你能够给予合理的解释吗？”

“可以。”

“你的解释是否与那张纸上的指印相关？”

“是的。”

“对于指纹印你有多少了解呢？”

“对此我做过许多研究，有深入的了解，足够有能力分析那枚血指印。”

说着引导员就将那张纸递给了桑戴克。

“你之前有没有见过这张纸？”安斯提问道。

“见过，在伦敦警察局见过。”

“那你有没有仔细地检查过它？”

“是的，我非常仔细地检查过这张纸，并且在警方慷慨的协助下，我还给它拍了几张照片。”

“这张纸上的这枚印记是不是某个人的拇指印呢？”

“是的。”

“刚刚那两位专家说这枚指印是被告鲁宾·霍恩比的左拇指造成的，你听见了吗?”

“我听见了。”

“你也赞同他们的说法吗?”

“不，我不赞同。”

“你认为纸上的那枚指印是被告造成的吗?”

“不。我很确定这个指纹印并非是被告造成的。”

“你认为是其他人的手拇指造成的?”

“不。我认为那枚指印根本不是某个人的手拇指造成的。”

法官听到这里，立刻停下笔来，抬起头，眼睛直直地盯着桑戴克，吃惊得嘴巴微微有些张开。刚才那两位指纹专家彼此看了一眼，脸上写满了愤怒。

“那你认为这枚指印是怎么来的?”

“是用橡皮印章或是明胶做的印章印上去的。”

此时，博尔特兴奋得站了起来，然后恍然大悟似的猛地拍了一下自己的大腿，并放声大笑。在场所有人的目光都转向了博尔特，法官也转过头，目光如炬，用非常严厉的语气说道：

“如果有人再在法庭上放肆，我将下令将其逐出法庭。”

紧接着，博尔特把头深深地埋了下去，身体蜷成了一团。我从来没见过谁能把自己缩成这么小的团。

“我明白了，”安斯提继续说道，“在你看来，这枚被认为是被告的指印是伪造出来的?”

“是的。这是枚伪造的指印。”

“但是，指纹可以伪造吗？”

“不仅可以，而且非常容易。”

“你的意思是就跟伪造签名一样简单？”

“比伪造签名更简单，而且更保险。签名是用笔写的，因此伪造的时候也需要用笔来完成。这就需要精湛的书写技巧，而且伪造出来的笔迹永远无法与真迹完全相同。但是指印是像用印章一样印出来的，指头尖就相当于一枚印章。所以，只要仿造一个与指尖特征相同的印章，那么就能印出一枚完全相同的指印来。假指印和真指印可以一模一样，完全无法加以区分。”

“那就没有办法区分真指纹和假指纹吗？”

“没有办法。因为真指纹和假指纹是没有区别的。”

“但是你刚才很肯定地说这纸上的指印是伪造的，可你又说真假指纹没有区别，那你又是怎样确定指纹是假的呢？”

“真假指纹要做到一模一样需要伪造者非常细心谨慎，只要有一点儿疏忽，就会让我逮住他的尾巴。就像现在这个案件一样，那枚假指纹跟真指纹并非完全一样，它们之间存在一些细微的区别。此外，那张纸本身就能够证明那枚指纹是伪造出来的。”

“好的，桑戴克，等一下我们就来检验这个证据。现在，请你用浅显易懂的话告诉我们你刚才说的那种印章是怎么做出来的。”

“方法有两种：第一种方法比较粗糙，但是非常简单，只需要浇铸一个指尖模型就可以了。首先，将手指压进黏性的可塑材料中，比如精细的雕塑黏土或是热的封蜡，然后再向可塑材料当中倒入温热的明胶溶液，等溶液冷却凝固之后取出，一个精美的指尖模型就完成了。但是想要伪造指印的人通常不会选择这种方法，因为这样会被当事人察觉。当然，为了不让当事人察觉，可以在当事人睡觉的时候，或是无意识，或是被麻醉的时候来浇铸模型。仿造死人的指纹也可以用这个方法。第一种方法很简单，不需要太多的技巧和特殊的装置。第二种方法就更为高明，也需要更多的知识和技巧。我确信本案的指纹就是通过第二种方法伪造出来的。

“首先，伪造者必须获得当事人的指印。然后对指印进行拍照，拍照时要将底片翻转过来，以获得一张明暗与原图相反的底片。接着，还要准备一个特殊的晒图架，是一种由明胶制成的板子，而且明胶里还加入了重铬酸钾。最后，将底片夹在这个板子上进行曝光。

“明胶加入重铬酸钾后就变成了铬化明胶。这种铬化明胶具有一种特殊的性质。我们都知道，普通明胶易溶解于热水中。铬化明胶只要不被光照，也是可溶于热水的。但是，铬化明胶一旦遭受光照，就会发生变化，不能再溶于热水了。底片上黑色的不透明的地方阻止了光线，让板子上的铬化明胶不受光照。然而，光线会穿透底片透明的地方，从而使板子上的铬化明胶发生化学反应。因为拍照时要将底片翻转过来，所以底片透明的地方就是对应的指纹凸起的纹路。也就是说，板子上最后不能溶于水的铬化明胶就是指纹纹路，其余的部分都能够被溶解掉。接着，将这张板上的明胶放入热水轻轻冲洗，便可将可溶解的部分冲洗掉，只留下不可溶解的部分，最后指纹凸起的纹路就会像浮雕一样呈现在这块板子上了。浮雕上的纹路与原指纹的纹路就是一模一样的了。将墨筒在浮雕上滚一下，或者将浮雕轻轻蘸一下墨水，就可以用这个浮雕印出一枚一模一样的指纹了。这样印出来的指纹就连汗腺开口处的白点都是相同的。这样制作出的假指纹跟真指纹是一点区别都没有的。”

“但是你说的这套方法很复杂也很困难啊！”

“其实一点儿也不复杂和困难。跟普通的碳印刷一样简单，而且许多业余爱好者都能完成碳印刷。另外，我刚才说的指纹浮雕其实跟其他普通的浮雕一样，任何一个照相雕刻师都能做得出来。我刚刚描述的这套复制指纹的方法，早就有许多工匠用到复制钢笔画上了。所以这些工匠中的任何一个人都可以制作这种指纹浮雕。”

“你刚才说过假指纹跟真指纹没有区别，无法区分。那么你能否给我们证明一下呢？”

“当然可以。我原来就打算当场在法庭上伪造一枚被告的指印展示给大家。”

“你是说，这假指印与真指印根本无法区分，即使是指纹专家也无法区分吗？”

“是的。”

安斯提转身对法官说道：

“法官大人，请问能否允许证人做一次这样的展示给我们？”

“当然可以，”法官点了点头，然后看着桑戴克问道，“这项证据非常重要。你准备如何进行比较演示呢？”

“法官大人，我专门拿了几张纸过来，”桑戴克回答，“每张纸上被划分成了二十个方格。我先在十个方格里印下被告的假指纹，然后再在剩下的十个方格里印下真指纹。之后请指纹专家们检验这些指纹，告诉大家哪些是真的，哪些是假的。”

“这项测试很公平也很具有说服力，”法官说道，“赫克托，对此你有异议吗？”

赫克托转身问了问坐在身后律师席的两位专家，然后回过头无精打采地回答道：

“没有异议，法官大人。”

“好的，那么在制作指纹的过程中，请两位专家离场回避一下。”法官说道。

辛格顿和他的同事听从法官的命令，很不情愿地起身离开了。他们走出法庭之后，桑戴克从档案夹里取出三张纸递给了法官。

“法官大人，这有两张纸，请您先在一张纸上选择十个方格做上标记，然后再在另外一张纸上也做上同样的标记。我会将其中一张交给陪审团，另一张由您留在手上。之后，我会根据您标记的位置，在第三张纸上印上假指纹。”桑戴克解释道。

“这个办法好极了，”法官说道，“这样只有我和陪审团知道哪些是假指纹了。那么就请你来我的桌子前，当着我、陪审团主席以及双方律师的面进行操作吧！”

得到指示后，桑戴克便起身走到了法官面前的大讲台。安斯提也起身准备过去了，去之前他弯下身子跟我说道：

“你和博尔特最好也过去。桑戴克会需要你们的协助，而且你们还能看看热闹。放心吧，我会跟法官解释的。”

安斯提走到法官面前轻声地说了几句话，法官朝着我们看了看，点了点头示意我们过去。于是，我们便愉快地起身过去了。博尔特手里拿着小盒子，脸上洋溢着幸福的微笑。

法官的桌子下正好有一个小抽屉可以把盒子放进去，这样干净的桌面上只用放一些纸。盒子打开后我们看见里面有一块铜制的调墨板，一个小小的滚筒，以及二十四个棋子一样的东西。看着之前让他困惑不已的“棋子”，博尔特的心中似乎已经有答案了，脸上露出了胜利的微笑。

法官好奇地盯着那一堆小玩意儿问道：

“这些小东西都是印章吗？”

“是的，法官大人，”桑戴克回答，“而且每枚印章都是根据被告不同角度的拇指印制作而成的。”

“可是为什么要做这么多不一样的呢？”法官更加好奇了。

“我故意做这么多个不完全一样的印章，”桑戴克一边回答，一边将墨泥挤在了调墨板上，然后用滚筒将墨泥压成薄膜，“以免让人一眼就看出来是一个印章印的指纹。这次测试中很重要的一点就是，绝对不能让那两位专家知道我用了不止一枚印章。”

“好的，我明白了，”法官回答说，“赫克托，你也应该明白了吧。”

赫克托生硬地点了点头，显然他对整个测试过程很是不满。

不过，过了一会儿，桑戴克将其中一个蘸好墨的印章递给了法官。法官接过后很是好奇地端详了一番，然后在一张废纸上盖了上去，揭开印章后纸上出现了一枚清晰的拇指印。

“奇妙！太奇妙了！”法官吃惊地叫道，说完他将印章和纸片递给了旁边的陪审团主席。接着，法官又笑着说道：“桑戴克啊，幸好你所站的是正义的这一边。要是你站在另外一边的话，恐怕派上几百个警察都斗不过你。桑戴克，你准备好了吗？那现在我们就开始吧。首先，请在 3 号格子上盖章。”

桑戴克拿出一枚印章沾上墨水，然后拿起印章盖在那个格子上，揭开印章，纸上留下了一枚清晰的指印。

然后，桑戴克又在其他九个方格上重复了相同的程序，只是每个方格上印的都是不同的印章。印完之后，法官在另外两张纸上的相应位置做上了记号，并将一张纸交给陪审团主席，示意让他给其他陪审团成员看一下这些假指纹的位置，以便到时验证专家的判断。随后，被告鲁宾被带了上来，站在法官的桌子旁边。法官好奇地看着他，脸上并没有厌恶之情。鲁宾相貌堂堂，举止文雅，怎么看也不像是做偷鸡摸狗那种事情的人。从法官的眼神中我感觉到，他对鲁宾的审判肯定会是公正的，甚至可能还会有些偏袒鲁宾。

接下来的过程，桑戴克进行得非常谨慎仔细。每印一枚指纹，桑戴克都会重新在鲁宾的指头上滚一次墨水，印完一枚指纹后再用汽油清洗干净，等手指上的汽油干透之后，再重新滚上墨水。指纹印完之后鲁宾被带回了被告席。这时，纸上的二十个方格已经填满了拇指印。无论怎么看，这二十个拇指印在我眼里都是一模一样的。

法官拿着这张纸聚精会神地看上了好一会儿，露出半笑半怒的表情。等我们走回座位上之后，法官终于放下了手中的纸，通知引导员请那两位专家回到法庭。

在短短的时间里，两位专家的表情简直判若两人。之前自信的微笑，亮出王牌后的胜利的表情全都不见了，只剩下满脸的焦虑和迷茫。看见辛格顿犹犹豫豫地走上桌前的样子，我不禁想起他在警局里讲过的那段话。他那轻松获胜的计划显然被打乱了，怎么也没料到会有这一幕出现。

“辛格顿先生，”法官说道，“这张纸上有二十枚拇指印，其中有十枚是真的，十枚是假的。请你检验看看，然后在记录下哪些是真，哪些是假。记完之后，请你将这张印有指纹的纸再交给纳什先生检验。”

“法官大人，我可以拿我携带的照片来对比吗?”辛格顿问道。

“当然，我觉得可以。安斯提，你认为可以吗。”法官转头看着安斯提问道。

“可以，法官大人。”安斯提回答。

于是，辛格顿从口袋里拿出了一张拇指印的放大图片和一把放大镜，开始非常仔细地检视起那些令人困惑的指印。越往下看，他的表情越是犹豫不定，显得担心焦虑。他一边检查，一边时不时地将答案写在了纸上。每记录完一枚指印，他的眉头就会紧皱一下，表情随之变得更加困惑和沮丧。

终于，他抬起头站了起来，手上紧握着自己答案，对着法官说道：

“我检验完了，法官大人。”

“好的。那么纳什先生，你也来检验一下这些指纹，并写下你的检验结果。”

“哦，我真希望他们动作能快点儿，”吉布森悄悄对我说道，“你说，他们真的可以分辨出来真假吗？”

“我也不知道，”我回答说，“不过等会儿我们就知道了。反正这些指纹在我眼里都是一个样。”

纳什检验的过程谨慎得简直有些过分，一个人埋着头，旁若无人地比对了好长时间，让旁观的人看得心中窝火。终于，他写完了答案，将印有指纹的纸张交给一旁的引导员。

“辛格顿先生，”法官说道，“现在让我们先来听听你的结论吧！”

辛格顿走到证人席，摊开那张写有记录的纸条，然后抬头看着法官。

“你已经检验过那张纸了，是吗？”赫克托问道。

“是的。”

“你在纸上看见了什么？”

“在纸上我看见了二十枚指纹印。有一些指印显然是伪造的，有一些肯定是真的指印，还有一些我拿不准是真是假。”

“那么在逐一看过每个指纹以后，你对于这每一个指纹的结论是……”

辛格顿低头看了看他的笔记，然后回答说：

“1 号方格的指纹是假的。2 号方格也是假的，不过伪造得还行。3 号和 4 号是真的。5 号显然是假的。6 号是真的。7 号虽然是个假的，但伪造得很不错。8 号是真的。9 号我觉得应该是假的，虽然模仿得不错。10 号和 11 号都是真指纹。12 号和 13 号是假指纹。14 号我就有点儿拿不准了，可能是枚假指纹。15 号是真的，16 号我觉得应该也是真的。17 号肯定是真的。18 号和 19 号我就不太确定了，但我觉得都像是假的。20 号指纹我确定是真的。”

辛格顿越是往下说，法官的表情越是显得吃惊。陪审团看了看辛格顿，又看了看他们眼前那张参考纸，脸上的震惊之情显露无遗。

作为英国著名的律师，赫克托先生也是全然呆住了。辛格顿讲完，赫克托已经愁眉苦脸，露出一脸苦不堪言又不知所措的样子。

赫克托茫然地看了他的证人一眼，走回座位，然后猛地坐了下去，沉重的声音响彻法庭。

“你非常确定你的结论是正确的，是吗？”安斯提说道，“比如，你很确定 1 号和 2 号指纹是伪造的？”

“是的，我很确定。”

“你敢发誓证明那两个指纹是伪造的吗？”

听到这话，辛格顿先是犹豫了一下。辛格顿刚才也注意到法官和陪审团脸上那吃惊的表情，不过辛格顿却以为他们是在为他高超的判断力而感到吃惊，想到这里，辛格顿的脸上又露出了自信的表情。

“我发誓那两枚指纹是伪造的。”辛格顿自信满满地回答道。

安斯提什么也没说便回到座位上了，辛格顿把他的纸条递给了法官后，也从证人席中走出，将这个位置留给了他的同事纳什。

纳什听完辛格顿的证词后显得很是满意，他信心百倍地走上了证人席。他的结论跟辛格顿的几乎完全一致。他陈述结论时还流露出一种自认权威甚至傲慢的姿态。

“我十分确信我的答案是正确的，”纳什对安斯提说道，“而且我也敢发誓刚才我说到的那些假指纹，肯定就是伪造的假指纹。对于一个熟悉指纹的专家而言，这些假指纹根本就不难分辨。”

两位指纹专家离开后，桑戴克再次走入了证人席。

“桑戴克，我有个问题想问问你，”法官说道，“这两位专家都是在很诚实的情况下做出的判断，相互之间也没有串通，但得出的结论几乎完全一致。更令人不解的是，他们的结论里没有一个答案是正确的。”

法官说完这句话，我都快忍不住要笑出声了。我看到刚才还自信满满的两位指纹专家，脸色瞬间变得惊慌失措，犹如在抽搐一般。

“如果他们纯粹乱猜的话，那么至少能碰对几个，也不至于全部都错。然而，他们很确定的答案却都是错误的；当他们不是很确定的时候，也往往选择了错误的答案。这种巧合真是难以理解。桑戴克，你可以解释一下吗？”

这时，桑戴克原本毫无表情的脸上露出了一丝浅浅的微笑。

“法官大人，那我就解释一下，”桑戴克回答说，“因为伪造指纹的目的就是要骗过检验指纹的人。”

“哦！”法官一副恍然大悟的样子，同时脸上也露出了一丝笑容。陪审团则更是笑得咧开了嘴。

“很明显，”桑戴克继续解释道，“两位专家根本无法找出直接证据来判断指纹的真假。正是因为如此，他们就会去寻找一些间接证据，而我则故意给他们留下了一些间接证据。如果不是刻意为之的话，一个手指按出的十个指纹，每个指印都各不相同。指尖是一个半圆形的曲面，由于每次首先接触到纸面的曲面点不尽相同，所以每次印出来的效果都会有一点儿细微的差别。然而我做的指纹印章是平面的，所以每次留下的印痕都是相同的。指纹印章复制的不是指尖模型，而只是指纹印痕。而且十枚指印都用同一枚印章来印的话，那么只用机械的重复一个动作就可以了。如果是这样，我们就可以轻易将假指纹识别出来了，因为这些假指纹看起来个个都是一样的，而真的指纹却有一些细微的差别。

“正是考虑到这一点，所以我制作的指纹印章都不完全相同。每枚印章都是根据证人不同的拇指印制作的，而且还刻意挑选了那些差别较大的指印来做印章。此外，刚才我在印取真指纹的时候，也尽量保持同一种姿势来印取指纹。这样每一枚真指纹都非常相似。专家非常肯定的那几枚假指纹，实际上是我印得很成功的，看起来很相似的真指纹。专家不太确定的那几枚指纹，实际上是印得不太成功、不太相同的真指纹。”

“桑戴克先生，非常感谢。你的解释十分清楚，”法官微笑着说道，表情很是满意，“安斯提先生，请继续。”

“你刚才向我们证明伪造指纹蒙混过关是可行的，”安斯提说道，“你之前也说过在霍恩比先生保险柜内出现的指纹是伪造的。你的意思是说，那枚指纹可能是伪造的，还是说事实就是伪造的？”

“我的意思是，它事实就是伪造的。”

“那你是在什么时候得出这一结论的呢？”

“我在警局第一次看到那枚指纹的时候就得出了这一结论。当时我根据三点事实证明那是枚假指纹。第一点，这枚指纹显然是用液态血液印上去的，并且印得非常清晰。要用液态血液把指纹印得如此清晰，那么肯定需要用滚筒，而且操作的时候也要非常谨慎小心。既然需要谨慎小心才能印得这么清楚，那么窃贼在匆忙之下必然不可能留下如此清晰的指印。

“第二点，当我使用测微器来测量这枚指纹的时候发现，这枚指纹的大小与鲁宾真正的指纹大小并不相符，这枚指纹明显要大一些。于是，我先把测微器放在这枚指纹上拍了张照片，然后又用把测微器放在真指纹上拍了张照，通过比对两张照片上测微器的刻度，我发现这枚可疑的指纹比鲁宾真的指纹要大四十分之一。我把两张照片都放大了，你们通过看两张照片上测微器的刻度，便可以明显看出两枚指纹大小的差异。我随身也带了测微器和便携式的显微镜，如果法庭需要对两张照片进行检验的话，我也可以当庭接受检验。”

“谢谢，”法官淡淡一笑，说道，“我们接受你的证词。除非控方提出要求，暂时不用当庭检验。”

桑戴克将两张放大的照片递给了法官，法官非常认真仔细地看了一番后又递给了陪审团。

“第三点，也是最重要的一点，”桑戴克继续说道，“通过这一点我们不但可以证实指纹确实是伪造的，还可以得出指纹来源的线索以及伪造者的身份。”

霎时间法庭一片死寂，只有滴答滴答的钟声回荡在大厅当中。我朝瓦尔特看了一眼，他僵直地坐立着，一动不动，脸色苍白，额头上满是汗珠。

“我仔细地检查了这枚指纹之后，发现指纹上有一处微小的白印，或者说是一个空白点。这个白印像是一个大写的S，显然这是因为纸张的瑕疵造成的。印指纹的时候，如果指头碰到纸上起毛的地方，那么纸张纤维便会粘在手上，抬起手指后就会留下一个微小的白印。但是，我用高倍显微镜检查了这张纸后发现，这张纸的纸面完好无损，没有一点儿被粘掉的地方。如果有一点儿地方被粘掉，或是被破坏的话，肯定是可以观察到的。所以可以由此推断，印这枚指纹的时候纸上有起毛的地方，不过起毛的地方并不是在这张纸上，而是在原来真指纹的那张纸上。据我所知，指纹模里就有一枚可以确定是鲁宾·霍恩比的真指纹。在我的请求下，霍恩比夫人曾把指纹模带到了我的住所。我在检查指纹模里鲁宾的左拇指印的时候，发现这枚指印与保险柜里的血指印一样，在同样的位置上也有一个S形的白印。当我用高倍放大镜仔细检查时发现，这枚指印的纸上有一个浅浅的凹槽，这个地方的纸张纤维显然是被沾有墨水的指头给粘走了。经过系统的比对我发现，这两枚指纹的长宽比例完全相同：在指纹模里的指纹，上下最长26/1000英寸，左右最宽14.5/1000英寸，而血指印的长宽则是相应放大了1/40，上下最长26.65/1000英寸，左右最宽14.86/1000英寸。这两枚指纹的形状也完全相同。我又把这两枚指纹拍了照片，然后进行了放大。通过重叠比较两张放大的照片我发现，这两枚指纹不但形状相同，而且连指纹纹路的粗细，与纸张契合的角度都完全一样。”

“也就是说，根据你刚才所陈述的事实，你非常确定这枚血指纹是伪造的？”

“是的，非常肯定，而且是通过指纹模里的原指纹进行伪造的。”

“这两枚指纹如此相似会不会只是一种巧合呢？”

“绝不可能。刚才辛格顿先生也讲过，这种百万分之一的概率是可以忽略不计的。而且，这两枚指纹印是在不同的时间、不同的地点留下的，而且间隔达数周之久。两枚指纹上都有一个白印，但是这个白印并不是拇指的指纹特征造成的，而是由于张纸本身造成的。如果说是巧合，那么印有指纹的两张纸上都必须有一个起毛的地方，而且形状大小都要相同，且当时与拇指接触的点也是相同的。出现这样的概率比之前提到的两个人拥有同一指纹的概率还要低。更何况保险柜里的那张纸是完好无损的，没有起毛，所以不可能造成这种白印。”

“那如何解释保险柜里那种去血纤蛋白的血液呢？”

“这种血液很有可能是伪造者制作指纹的原料。天然的鲜血很容易凝结，用来印指纹很不方便。为了印得一枚清晰的指纹，他可能会带一小瓶处理过的血液，一块小型墨板和一小滚筒。他先在墨板上滴了一滴血，然后用滚筒将其滚成薄膜，接着用事先准备好的印章在那张纸上印上了一枚非常清晰的指纹印。整个过程他都要非常谨慎小心。因为他必须在第一次就要印一枚清晰的且能够被识别的指纹。如果第一次没印清楚，第二次再印的话，指印看起来就会很不自然，很容易引起怀疑。”

“那两枚指纹的放大照片你带来了吗？”

“带来了。这张是指纹模里的指纹照片，这张是血指印的照片。两张照片中都有一个清晰可见的白印。”

桑戴克向法官呈上了这两张照片，同时也递上了指纹模和保险柜里的那张纸，以及一个双合放大镜。

法官先是用那个放大镜看了看两个原件上的指纹，然后又拿起两张放大的照片对比了一下。当法官看到那个相同白印的时候，也若有所思地点了点头。看完之后，法官又将这些东西交给了陪审团，然后拿起笔在自己本子上写了一些东西。

这个过程当中，我一直观察着坐在长凳另一头的瓦尔特。他的脸上写满了惊恐和绝望，脸色苍白得令人感到害怕，脸上的汗水更是清晰可见。他偷偷斜视着桑戴克，眼睛里充满了杀气。这让我不由得联想起了那天晚上在约翰大街发生的惊险一幕以及那支神秘的毒雪茄。

突然瓦尔特站了起来，擦了擦眉头上的汗水，然后用颤抖的手扶了扶凳子后的靠背才稍微站稳。接着，他迈着静悄悄的步子走出了法庭大门。我发现观众中可不止我一个人对他感兴趣。就在瓦尔特走出大门的同时，米勒警官也随即起身，跟了过去。

“你要提问这位证人吗？”法官向赫克托问道。

“不用了，法官大人。”赫克托回答说。

“安斯提先生，你还需要传唤其他证人吗？”

“法官大人，还有一位证人，”安斯提回答道，“他就是本案的被告。出于法律程序，我还是需要请他到证人席来，让他庄严宣誓然后陈述事实。”

于是鲁宾从被告席被带到了证人席。进行了宣誓仪式以后，他再次郑重声明自己是无辜的。接着，赫克托对他进行了简单的提问，提问时也没有问出什么特别的东西。鲁宾只是将当天晚上的行程进行了一番说明。他说，那天晚上他先是在俱乐部里待了一会儿，然后于晚上十一点半的时候回到住所，用钥匙打开房门，进入了自己的房间。问完后，赫克托回到了座位，鲁宾也被带回到了被告席。现在整个法庭都拭目以待，准备洗耳恭听双方律师的最后的总结陈词。

“法官大人以及尊敬的陪审团，”安斯提的声音清晰悦耳，“我并不想用什么长篇大论来说服各位。呈现在你们眼前的证据已经足够清晰，已经足够有说服力了。我相信，不管我方或是控方律师陈词有多么华丽，多么感人，你们也丝毫不会受到影响，最后的判决也一定是公平公正的。

“不过，有些至关重要的事情还是值得再次强调总结一下。

“本案有一个关键点就在于：被告与本案唯一的联系就是一枚指纹，而警方坚决相信这枚指纹就是被告作案时留下的。然而，除了指纹以外，到目前为止，控方没有给出指控被告的其他任何证据。刚才你们也都听到了，被告为人正直，品格高尚，人品更是无可挑剔。和他接触过的人都认为他是个非常值得信赖的人。给予这一评价的人并非与他萍水相逢，而是一位看着他长大的人。他做人清清白白，生活得单纯简单，从来没什么不良记录。然而，就是这样一位品德高尚、单纯友善的年轻人，现在却站在各位面前，被指控是一个卑鄙无耻的窃贼。而且这个窃贼偷的不是别人，而是自己的一位慷慨的朋友，这位朋友不仅是他父亲的亲兄弟，还是他本人童年时的监护人，而且他的这位朋友还为他苦心规划，谋求福利。简单来说，这位年轻人被控的罪行完全跟他的人格品行矛盾。那么请大家想一想，警方到底是基于什么证据来起诉这位品行优秀的年轻人的呢？请恕我直言，警方起诉依据不外乎以下原因：曾经有一位指纹界的权威泰斗说过一句话，而对于这句话，警方不仅将其奉为至宝，还夸大了其适用的范围。这句话是这么说的：‘两枚指纹只要完全相同或是近乎相同的话，那么单凭指纹证据就无须再做进一步证实，便可以认定该指纹出于同一个人的手指。’

"各位，这句话实际上是一种严重的错误引导，当时那篇文章实在不该公开发表。可以说，这句话对警方的调查案件起到了极大的误导作用。这句话实际上应该这么来说：指纹证据，在没有其他佐证的情况下，是毫无价值的。所有的伪造行为当中，伪造指纹是最容易，又是最安全的。通过今天在法庭上的验证，大家就可以看到，要伪造某些高难度的东西，还需高超的技巧和手艺，以及难以获得的资源。要知道，如果要伪造钞票，就需将钞票上的印画、图案、签名，以及特殊的水印都伪造得完美一致。然而现在有一些假钞已经伪造到了以假乱真的地步。还比如，伪造支票，需要将支票上孔眼里原来的纸剪下来，重新换上真假难辨的纸片。看看上面这些高难度的伪造，再想想指纹伪造。就算是照片馆里雕刻师傅的学徒都能够制作出让专家都难以辨识的假指纹来。而且普通人只需要稍加练习一个月，也能伪造出一枚以假乱真的指纹。那么大家扪心自问一下，在没有任何佐证的情况下，单凭一枚指纹，就将这位正人君子拽进法庭、指控其犯有如此卑鄙的罪行，这样做合适吗？如果我是警方的话，绝不会单凭一枚指纹来拘留任何一个人。我再次简要强调一下上面讲到的内容。本案起诉的关键证据就是：警方认定保险柜中找到的指纹是被告留下的指纹。那么，如果那枚指纹不是被告留下的，就没有证据起诉被告，被告更没有任何嫌疑了。

"那么，这枚指纹是被告留下的吗？刚才大家都看了这些极具说服力的证据，这枚指纹显然不是被告留下的。被告真正的指纹跟这枚指纹在大小、尺寸和痕迹上都有一些区别。这些区别虽然很小，但是对于真假的判断十分关键。因为两枚指纹并非完全一样。

“但是，如果这枚指纹不是被告的，那又会是谁的呢？因为这枚指纹过于特别，根本不可能是另一个人留下的指纹。这枚指纹不仅纹路跟被告的完全一致，而且伤口的裂痕都一模一样。因此，我认为，这是一枚蓄意伪造的指纹。罪犯在现场伪造了一枚被告的指纹，其目的就是将罪行嫁祸给被告，以保证自己能够逍遥法外。你们可能会问，有什么证据可以证明这一点呢？当然有证据，而且是一些强有力的证据。

“第一，就是我刚才已经说过的那些事实。血指印与真正的指纹在尺寸大小上有差异。这枚血指印既不是被告的指纹，也不是其他人的指纹，这枚指纹只能是一枚伪造的指纹。

“第二，伪造这枚指纹需要用到一些工具和材料，而其中一种材料就在保险柜底发现了，就是那几滴去血纤蛋白的血液。

“第三，某种巧合也说明这枚血指印是伪造的。被告有十根手指，但之前被告只在纸上印过自己两个拇指的指印。而巧合的就是，这枚血指印恰巧就是一枚拇指印，而不是其他任意一根手指的指印。所以，罪犯很有可能就是根据之前被告的拇指印伪造的这枚血指印。

“第四，这枚血指印罕见的特征恰好与指纹模内的那枚指纹的特征完全相同。假如这枚血指印是伪造的，那么它必定就是借助纹模里的指纹伪造的。而且事实证据也证明了这一推断。指纹模上指纹上有 S 形的白印，这是因为指纹模上的纸本身的瑕疵所造成。血指印上的也有一块同样的白印，但明显不是纸张造成的。对这块白印唯一的解释就是，这枚血指印是借助指纹模中的指纹所做的影像复制品。

“第五，如果血指印就是指纹模里那枚指纹的复制品，那么伪造者必须先要获取指纹模。你们刚才也听到了霍恩比夫人的陈述。指纹模在她离开的时候曾经神秘消失了一段时间，当霍恩比夫人回来的时候又出现了。中间这段时间必定有人将指纹模偷偷地拿走了，过了一段时间之后又放了回去。大家可以看到，血指印是伪造的这一论断有大量事实依据的支撑，而且从各个方面来说都与已知的事实完全相符。而认为血指纹就是被告真正的指纹这一论断却没有任何充分的证据来支撑，仅仅基于一个无端的假设。

“因此，我认为，大量的事实和充分的证据足以证明被告是清白无辜的。我也恳请各位根据面前的证据做出公正的判决。”

说完，安斯提走回了座位，此刻旁听席上传了一阵欢呼声。随即，法官打了个禁止的手势，整个法庭立即再次变得鸦雀无声，只有墙上的壁钟还在滴滴答答地响着。

“杰维斯，鲁宾得救了！肯定得救了！”吉布森激动地小声跟我说道，“他们现在也肯定觉得鲁宾是无辜的了。”

“再耐心等等吧，”我回答说，“宣判结果很快就出来了。”

赫克托站了起来，转头朝陪审团瞪了瞪眼，似乎想要对他们催眠一样。接着，他用一种极为真诚而又坚定的语气开始了他的演说：

“法官阁下和尊敬的陪审团，就像我之前说的那样，本案展现了人性最丑陋的一面。对此我也无须再提，想必你们已经非常清楚地认识到了这一点。现在我要做的跟对方律师一样，也是将重要的内容再次总结一下，揭开诡辩下的阴谋，将事实真相呈现给大家。

“其实这个案子的情况非常简单。简单来说就是，有人用复制的钥匙打开了保险柜，偷走了里面的贵重物品。除了保险柜的主人以外，保管过保险柜钥匙的还有两个人，因此这两个人都有机会去复制这把钥匙。当主人打开保险柜时，他发现里面的钻石不翼而飞，但发现一枚拇指印，而这枚拇指印就属于保管过钥匙的其中一个人。主人在最后一次关上保险柜时，里面并没有这枚拇指印。这是一枚左手拇指的指印，而拥有这枚指纹的人又正好是个左撇子。各位，证据如此明确，可以说是铁证如山，我相信只要是思维理智的人都不会提出质疑。而且我认为，只要是思维理智的人，都会得出这样的唯一结论。那就是，在保险柜里留下拇指印的人就是那个偷走钻石的人。毫无疑问，保险柜中的拇指印正是本案被告的指印，因此我们可以断定，被告就是盗走钻石的人。

“确实，辩方对于这一明显的事实也给出了一些新奇的解释。辩方给出了一些牵强附会的所谓的科学依据，又向我们展示了一些诡异的戏法。我觉得，这些东西更适合到戏院的舞台上去娱乐观众，而不是在我们严肃的法庭来哗众取宠。或许这一展示能让大家在沉闷的法庭解解闷。对方的这种展示其实也是很有意义的。这让我们看到，一个简单事实也可以通过一些高超的手段被扭曲和歪解。除非你认为这起盗窃事件是一起精心策划的恶作剧，而这个爱开玩笑的罪犯是一个聪明绝顶、博学多才和有着高超技艺的家伙，否则的话，根据事实你能得出的唯一结论就是：保险柜是被告打开的，然后被他盗走了里面的钻石。那么现在，在座的各位陪审团成员，你们作为人民安全和幸福的守护者，我恳请你们依据事实和证据做出公正的判决。我相信唯一正确的判决就是判被告有罪，犯有被控告的罪行。”

赫克托讲得慷慨激昂，陪审团听得也是全神贯注。陈述完之后赫克托回到了座位，而陪审团的目光都转向了法官，好像再问：“法官大人，我们该信哪边所说的话？”

法官表情沉着冷静，手上翻动着自己的笔记，仔细参考和比较双方的证据，并时不时地在一些证据上标了一些记号。看完之后，他抬起头来，神情庄重，用一种极具说服力的语气对陪审团说道：

“各位陪审团成员，我就没有必要花太多时间再来逐一分析每一项证据了。证据和陈词你们也都清楚地看到和听到了。而且，辩方律师对于证据已经做了非常详细而具体的分析和比对，其过程是相当公正而清楚的。所以我在这里就不再做多余的重复陈述了。现在，我只是想对本案稍微做一些点评，希望对各位做出最后的判决有帮助。

“不用解释各位都应该能看得出，控方律师说辩方律师所给出的科学依据是牵强附会的，控方的这种说法显然是一种误导。

辩方陈词中唯一涉及科学依据的就是两位专家的陈词。罗伊医师和桑戴克医师都是本着实事求是的态度，站在事实的基础上对案件进行推断和分析的。

“对所有证据总结分析之后我们可以发现，正如辩方律师所说的那样，整个案子最终就归结于一个简单的问题：‘在霍恩比先生保险柜中发现的指纹到底是不是被告所留下的？’如果是被告留下的，那么就意味着保险柜被非法打开的那段时间被告是在场的；而如果不是被告留下的，那么就意味着被告跟钻石被偷没有任何关系。而你们其实就是要回答这样一个问题。而我必须提醒你们的是，各位，本案的判决权完全在你们的手上，我的观点仅供参考，你们必须自行判断，最后判决可以依照、当然也可以完全忽略我的观点。

“现在让我们通过手上的证据来分析一下这个问题：这枚指纹到底是不是被告留下的。首先，有什么证据证明这枚指纹是被告留下的？能证明这一点的证据有：这枚指纹的纹路和被告指纹的纹路相同，并且两枚指纹的疤痕也是相同的。我们没有必要计算这种巧合的概率有多大；只要这枚血指印是一枚真真正正的指印，那么就可以毫无疑问判定这枚指纹是被告当时留下的。但是，辩方认为这枚血指印并不是一枚真指印，而是借助工具伪造的，也就是说这是假指印。

“那么现在就有一个更明确的问题了：‘这枚指印到底是一枚真指印还是一枚伪造的指印？’我们先想一想手上的证据。首先，有什么证据能够证明它是一枚真的指印？对此控方拿不出任何证据。虽然两枚指纹纹路相同，但并不能证明血指印是一枚真的指印，因为伪造的指纹跟原来的真指纹的纹路本来就是相同的。因此，控方只是假设这枚指纹是一枚真指纹，然而并没有提供任何证据来证明。

“那么，又有什么证据能够证明这枚指纹是伪造的呢？

“这倒是有些证据。首先，两枚指纹的尺寸大小就有问题。同一根手指，不可能印出大小不同的两枚指纹来。其次，就是印这枚清晰指纹所要使用的工具。窃贼一般不会随身携带墨板和滚筒，到了现场把自己的指纹清晰地印下来。另外，这枚指印上有一小块白印。这块白印跟指纹模内的指纹上的白印一模一样。而指纹模上的这块白印是由于纸张原因偶然留下的。如果这枚血指印不是故意伪造的，这种巧合又该怎么解释？最后一点，指纹模曾神秘消失了一段时间，之后又奇怪地物归原主。以上证据都能够充分说明这枚血指印是伪造的。另外，桑戴克刚才已经向我们证实了，伪造指纹其实是一件非常简单的事。

“上述事实都是本案的重要证据，请各位仔细考虑。深思熟虑之后，如果你们认为这枚血指印是被告留下的，那么你们就有责任宣判被告有罪。综合分析证据之后，如果你们认为这个这枚血指印是伪造的，那么你们也有责任宣判被告无罪。现在已经过了吃中午饭的时间了，如果你们愿意的话，我们可以暂时休庭，给各位多一些的时间来考虑。”

法官说完之后，陪审团聚在一起低声商量了一会儿，接着陪审团主席站了起来说道：

“法官大人，我们对判决已经达成了共识。”

这时被告已经被带了出来，站到了被告席的栏杆前。戴着灰色假发的书记员也站了起来，然后对陪审团说道：

“各位陪审团成员，你们对这个判决已经达成共识了吗？”

“是的。”陪审团主席回答道。

“那么你们的判决是什么？判被告有罪还是无罪？”

“无罪！”陪审员主席特意高声回答道，同时转头看了看鲁宾。

话音刚落，旁听席上立刻爆发出了一阵雷鸣般的掌声，法官对于这样的骚动也是默许了。霍恩比夫人更放声大笑起来，笑声显得有些夸张，同时又带有一些哭腔，她用手帕捂着嘴，泪流满面地看着鲁宾。吉布森则把头靠在了前排的靠背上，低声呜咽，喜极而泣。

过了一会儿，法官举手示意让大家安静下来。等到台下的骚动逐渐平息之后，法官看着被告席前的鲁宾。鲁宾也是激动得脸色微微泛红，不过他还是表现得很是镇定。法官对被告说道：

“鲁宾·霍恩比，充分地考察了本案的相关证据，并经过审慎的考虑之后，陪审团最终判定你无罪。对此判决结果，我也由衷地表示同意。综合所有证据，我相信这也是唯一正确的判决结果。你将无罪释放，在离开法庭之后，世人会见证你的清白，你的身上不会留下一丝罪名。法院以及在座的所有人都对你近期遭受的痛苦表示同情。除此之外，本人也感到非常庆幸，能够与辩方律师和顾问共同见证此案。若不是辩方的努力，审判结果可能会完全不同。

“我十分钦佩辩方律师。他在辩护中体现出了极高的职业素养。我想，不仅是你鲁宾，还包括社会公众都应该感谢桑戴克。正是因为他细致的观察、渊博的知识以及严谨的分析，才最终避免了严重误判的发生。现在我宣布法院休庭。”

法官随即站了起来，接着大家也跟着站了起来。随后，旁听席上观众开始起身离场，发出了细细碎碎的脚步声。被告席前的警察面带微笑地为鲁宾打开了门栏。鲁宾走下台阶，从容不迫地向我们走来。

第17章　剧　终

“我们最好等人群走了再出去，”桑戴克说道，我们围着鲁宾一番寒暄之后，人潮渐渐散去，“我可不希望出去的时候被人群团团围住。”

“是啊，现在让我干什么都行，就是别再让我被人围观了。”鲁宾说道。他一只手牵着霍恩比夫人，一只手挽着他叔叔。霍恩比先生也是激动得热泪盈眶，时不时地拿起手帕擦着眼角的泪珠，脸上洋溢着开心的笑容。

“我邀请大家去我家吃顿午餐吧，所有人都一起！”桑戴克提议道。

“我是十分乐意，但要是能舒舒服服地洗个澡就更好了。”鲁宾高兴地回答说。

“安斯提，你来吧？”桑戴克问道。

“都有什么好吃的呀？”安斯提这时已经脱下了长袍，又恢复到原本那副玩世不恭、倜傥不羁的样子了。

“你这个老吃货，来看看不就知道了嘛！”桑戴克回答说。

“光看怎么知道呢，要吃进嘴里才知道呀，”安斯提说道，

“不过，我现在有事儿必须先走一步了，我得赶紧回我的住处一趟。”

说完安斯提便走出了大门。接着，桑戴克看着我们问道：

“我们怎么走呢？博尔特已经叫好马车了，可是一部马车坐不下我们所有人啊。”

“够我们四个人了，”鲁宾说道，“杰维斯可以带吉布森回去。杰维斯，你觉得这样如何？”

他的提议让我十分吃惊，不过还是让我很激动和开心。于是，我欣然说道：

“只要吉布森同意，我非常乐意。”

不过吉布森却显得有些不自然，脸色绯红，也没拒绝，只是冷冷地回答道：

“马车顶上又不能坐人，那只能这样了。”

此时，法庭内大部分人都已经离开了，我们走下楼，来到了大门外。马车已经在路边停好了，旁边围了一些市民群众。他们看见鲁宾走出大门后，顿时为之欢呼起来。我和吉布森目送鲁宾他们的马车离开之后，才从老贝利街向路德门山街走去。

“我们要不要叫辆小马车？”我问道。

“不用了，走走路吧！”吉布森回答说，“在那恐怖发霉的法庭里待了那么久，现在该好好呼吸点儿新鲜空气了。这可真像一场梦啊！现在终于可以松一口气儿了，终于算是解脱了！”

“是啊！现在就像刚从噩梦中醒来看见温暖的阳光一样。”我说道。

"嗯，就是的，"她微笑着赞同道，"不过，我现在还心有余悸。"

我们走上了新桥大街，沿着泰晤士河河畔，肩并肩地走着。一路上我们彼此都没有开口说话。正是因为上次那件事才导致了我们现在这种疏远拘谨的关系。而曾几何时，我们之间是那么的亲密友好，无话不说。想到我们如今的关系，我不由得感到心酸难过。

"都已经胜诉了，不过你可没我预想的那么高兴，"吉布森终于开口道，带着审视的眼神看着我，"你应该很高兴而且很骄傲吧？"

"高兴是高兴，但有什么值得我骄傲的呢？我只不过跑跑腿罢了，而且一些小事我都做得很糟糕。"

"这么说就不对了，事实上你也发挥了很重要的作用啊，"吉布森说道，她表情更是疑惑了，仔细地打量着我，"你今天情绪很低落啊，跟往常可大不一样。杰维斯，心里有什么事儿吗？"

"我觉得我自己真是个自私自利的家伙，"我沮丧地说道，"我今天本来应该跟所有人一样感到开心才对，但我一直在为自己那些无足挂齿的问题所烦恼。现在案子已经结束了，意味着我和桑戴克的工作关系也要结束了。我又要回到以前的生活了，四处漂泊，前景淡然。这次案子的经历对你来说是痛苦煎熬的，但是对我来说是从单调灰暗的生活中走了出来，像是在沙漠中找到了一片绿洲。在这段时间里，我能够与自己最敬重的人一起工作，工作和生活中都充满了无限的生机和乐趣。而且，在这段时间里我还交到了一位朋友，我很想让这位朋友一直存在于我的生命当中，不过现在看来这只是我一厢情愿罢了。”

“如果你说的这个人是我，”吉布森说道，“那你可就错了。你为我们所做的一切，我永远都不会忘记。你对鲁宾的忠诚、你对案件的热心，更别说你对我的好，这些我都不会忘记的。你说你只是跑跑腿，有些事还做得很糟糕，我看你这简直就是妄自菲薄，自己冤枉自己。今天鲁宾之所以能够洗刷罪名，你的努力功不可没。案子当中许多的细节之处都是你弥补上去的，这才能让证据更完整、更具有说服力。我和鲁宾对你都是感激不尽，另外，还有一个人也会非常感谢你的。”

“还有谁要感谢我？”我嘴上问道，虽然我心里对这个人是谁一点儿也不在乎。他们的感谢对我来说也是无足轻重。

“好吧，这也不是什么秘密了，”吉布森说道，“还要感谢你的人，就是鲁宾要娶进门的那位姑娘。你怎么啦，杰维斯？”她看着我的反应惊讶地问道。

此时我们正沿着河畔朝中殿大道走去，吉布森的这番话一下子让我呆住了，停在了拱门下，我一动不动地抓着她的胳膊，呆若木鸡地看着她。

“鲁宾要娶进门的那位姑娘！”我不自觉地说道，“这是怎么一回事儿？我一直以为鲁宾要娶的是你啊！”

“我之前应该跟你说得够明白了，他要娶的人不是我！”吉布森高声说道，显得有些不耐烦了。

“是，你之前是说过，”我怯怯地说道，“可是，我一直以为是……鲁宾遭遇不顺，所以就……”

“你认为我喜欢一个人，而那个人遭遇困境的时候，我就会甩手撇开他，跟他断绝关系，是吗？原来我在你眼中就是这样的人！”她愤愤地说道。

“不不不，你在我眼中当然不是这样的人，”我赶紧辩解道，“天啊，我实在是太愚蠢了，简直就是个白痴！”

“是的，你真够傻的！”吉布森说道，语气却很温柔，听不到一点儿尖酸刻薄的意思。接着她又说道：

“这件事情之所以要保密，是因为在鲁宾被捕的前一晚他们就订婚了。当鲁宾得知自己被指控盗窃后，就告诉我在他洗清罪名之前，一定不要把他订婚的事情传出去。我是唯一知道这秘密的人，我也发誓会为他保密。所以，我当时肯定不会告诉你这件事儿。没想到你会这么在意这件事情。为什么呢？”

“唉，我真是笨啊，”我小声嘀咕了一下，“要是早点儿知道这事儿就好了！”

“那么，就算你当时知道了这件事，现在又会有什么不同呢？”吉布森问道。

她说这句话的时候并没有看着我，但是我能看到她说完之后脸色黯然。

“要是我早点儿知道，我就不会在这么多个日日夜夜里无端地指责自己，让自己如此痛苦不堪。”我回答说。

“可为什么呢？你为什么要指责自己呢？”她仍旧没有看我。

“如果你从我的角度来考虑就明白了。首先，一位蒙冤无助的青年将他的命运托付于我，并对我百倍信任，看到他的如此遭遇，我为他伸张正义，慷慨救助他是理所当然。与此同时，这位青年还嘱咐我替他去照顾一位女子，而当时我以为这位女子就是他的未婚妻。然而，就在我与这位女子第一天见面的时候，我就无可救药地爱上了她。你说难道我不应该自责吗？”

吉布森依旧沉默不语，脸色苍白，而呼吸也急促了起来。

“当然，”我继续说道，“你或许会说那只不过是我自己的事儿，只要将这一想法藏在心里，就不会有人受到伤害了。不过，有人却是受伤很深。日日夜夜，他对女子朝思暮想，当女子走近之时，他的心就会怦怦直跳。当女子离开之后，他又是那么的空虚寂寞。他不停地回忆着女子的声音和面容，想要填满独处时的虚空。何时才能向他心爱的女子表露真心呢？然而他无权表露自己的爱意。因为一旦表露，他的职业操守，甚至是做人的基本准则就将随之崩塌。”

“哦，我明白了，”吉布森轻声说道，“是这条路吗？”

她迈着轻快的步子走上通往喷泉庭院的阶梯，我也兴致勃勃地跟在后面走了上去。我们都知道回去的话当然不是走这条路。这是一个安静祥和的庭院，地上铺满了小石子儿，高大的梧桐树下更是乘凉的好地方。我们缓步走向泉水时，我偷偷看了她一眼。此时，她双颊绯红，只顾着低头看路。然而，就在她抬起头看我的那一刻，我看到了她的双眼泛着泪光，眼圈也湿润了。

“你从来就没有想过吗？”我轻声问道。

“想过，”吉布森低声回答道，“不过……后来我觉得我想错了。”

我们俩又沉默不语地向前走了一段路，一直走到了喷泉的另一端我们才停了下来。喷泉里细水流淌，发出了清澈悦耳的声音。池边一群麻雀正借着池水在洗澡。不远处还有一群麻雀正贪婪地聚集一起，对着地上的面包屑，争夺得不亦乐乎。旁边突然出现了一只鸽子，它面对热火朝天的景象目不斜视，径直向前走去，挺起胸膛，展开翅膀，在它的配偶前发出了咯咯咯的求爱声。

吉布森将手倚在喷泉旁挂有铁链的一根立柱上，接着我的一只手也轻轻地放了上去。这时，她将手掌翻了过来，于是我们手心对手心，相互握着彼此的手掌。就当我们手牵手的时候，一位神情严肃像是位退休的老律师，缓步走上阶梯。他经过喷泉，看了看鸽子，又看了看我们，然后转过身，微笑着摇了摇头，继续向前走去。

“吉布森。”我轻声叫道。

她立刻抬起头来，眼睛一眨一眨地，烂漫的微笑中带有一丝丝的羞怯。

“嗯，怎么啦?”

“刚才那位老先生看到我们后为什么会笑呢?”

“我也不知道啊。”她摆出一副装傻的样子。

“那一种是表示赞许的微笑，”我说道，“他一定是回想起了自己当年的青春年华，微笑着祝福我们吧。”

“或许吧。他看起来真是个可爱的老头子。”

吉布森看了看那个逐渐消逝的背影，然后转过身来看着我。她的双颊绯红可爱，印在两边的酒窝更是显得楚楚动人。

“亲爱的，你能原谅我之前干的蠢事儿吗？”我问道，我们此时四目相接。

“我可不知道，”她回答说，“你干的事儿实在是太蠢了。”

“吉布森，我对你的爱是全心全意、掏心掏肺的。我一生一世都会深深地爱着你。”

“有你这句话，无论你做了什么我都能原谅你。”她温柔地说道。

这时远方传来了圣殿教堂的钟声，提醒我们时间快到了。我们很不情愿地离开了喷泉，而临走时喷泉还喷出了一小串水珠，好像是对我们临别的祝福。我们慢慢地走回了中殿大道，接着朝着庞普法院方向走去。

“吉布森，你还没回答我的问题呢。”我轻声低语道。我们走过拱门，面前是荒废的庞普法院，法院肃穆而又安静。

“亲爱的，我还没回答吗？”她说道，“但你应该知道答案了，不是吗？我知道你知道的。”

“是，我知道了，”我说道，“那正是我一直期待的答案。”

她把手递了过来，轻轻地牵着我。走了一会儿，她又把手抽了出去。我们穿过回廊，朝着一片幽静无人的庭院走去……

后 记

本人写这个故事的初衷，是为让那些爱好破解谜案的读者能享受一份阅读盛宴。本故事与其他的侦探小说类型相似，但是故事中的人和事会更为贴近普通人的生活。

此外，因为人们还对指纹以及指纹作为证物的价值有一些严重误解①，所以本书或许正好能够帮助人们纠正这些误解。要知道欧洲的几家大报社还把“指纹”当成是“签名的首字母”，误解的程度可见一斑。

本书中有个故事人物叫辛格顿，他所提及的数据以及相关论据都是源自弗朗西斯·高尔顿关于指纹的重要研究成果。如果读者对指纹很感兴趣，想要了解更多指纹知识的话，不妨拜读一下高尔顿的大作。

最后本人还想感谢一位朋友，他是伯纳德主教。伯纳德主教在一些影像实验上为我提供了宝贵的帮助。我还想感谢伦敦中央刑事法院的各位人士，他们热心地为我提供了许多刑事案件的细节内容。

① 原著出版于1907年，当时指纹技术还未被广泛接受和使用。——译注